생각라테

생각 라테

1판1쇄 발행 2017년 12월 28일

지 은 이   김홍숙
펴 낸 이   김형근
펴 낸 곳   서울셀렉션㈜
편   집   김유진
디 자 인   정효주

등   록   2003년 1월 28일(제1-3169호)
주   소   서울시 종로구 삼청로 6 출판문화회관 지하 1층 (우03062)
편 집 부   전화 02-734-9567 팩스 02-734-9562
영 업 부   전화 02-734-9565 팩스 02-734-9563
홈페이지   www.seoulselection.com

ISBN   978-89-97639-86-1   03810

생각라테

김흥숙

서울셀렉션

라테, 생각, 그리고 타나토스의 망토

라테 좋아하세요? 저는 매우 좋아합니다.

봄가을 바람에 마음이 흔들릴 때
한여름 더위에 영혼마저 지칠 때
영하의 추위에 코와 손이 빨갛게 얼 때
아름답고 맛있는 라테를 마시면
살아있는 기쁨을 느끼는 것은 물론 희망까지 품게 됩니다.

라테latte는 본래 '우유milk'를 뜻하는 이탈리어인데,
우리말 '우유牛乳'는 '소의 젖'을 뜻하지만
'latte'와 'milk'는 소의 젖을 포함한 모든 '젖'을 뜻합니다.
'젖'은 갓 태어난 아기가 다른 음식으로 영양소를 취할 수 있기까지
그를 살리고 키우는 생명의 진액입니다.

젖을 비롯해 우리의 입으로 들어가는 것들은
우리의 인생을 닮았습니다.
어머니의 젖만 먹을 때는 오직 먹고 자고 자라면 되지만
온갖 음식을 먹는 어른이 되면 일상이 음식만큼 복잡해집니다.
맵고 짜고 달고 시고 쓴 맛에 웃고 울며 나이를 먹는 것이지요.

과학기술의 발달 덕에 겉모습은 더디게 늙지만
복잡해진 생활이 초래한 생각 상실은 정신의 노화에
가속도를 붙입니다.
'나는 생각한다, 고로 나는 존재한다'는 데카르트의 명제는
그를 '근대철학의 아버지'로 만들었지만 21세기에는 통하지 않습니다.
'생각'은 오래 전 집을 나가 소식 없는 가족이 되었으니까요.

지금 우리 사회는 부자가 되기 위해 질주하는 사람들이 가득한
운동장과 같습니다. 낙엽의 향기가 옷깃으로 스미고
파란 하늘 흰 구름이 황홀해도 그 모든 것을 볼 시간이 없습니다.

별처럼 빛나다가 서서히 시드는 꽃들, 눈물을 씻어주는 빗물,
지친 세상을 안아주는 석양, 우리의 첫 얼굴 같은 눈길…
우주는 우리에게 끝없이 선물을 보내지만
우리는 너무 바빠 그 선물을 들여다볼 시간조차 없습니다.
어쩌면 타나토스의 망토 자락이 보일 때에야
그 선물을 기억해내고 울먹이게 될지 모릅니다.

이 책은 그렇게 우는 사람들이 없기를 바라는
소망을 담은 종이비행기이며,
우리 모두의 마음속에 숨어 있는 생각을 끌어내기 위한 마중물입니다.

무엇을 먹든, 먹고 나서 진한 커피 한 잔을 마시면 입안에는 커피의 향
기만 남습니다. 실존주의 철학의 창시자 키에르케고르, '커피 칸타타'
를 작곡한 '음악의 아버지' 요한 세바스찬 바흐, 프랑스 문학의 거장
오노레 드 발자크, 힘겹고 짧았던 27년 생애를 마감한 지 80년이 지났
지만 여전히 우리 곁에 살아 있는 시인 이상…. 그들은 왜 그리 커피를

좋아했을까요? 그들이 커피를 마시지 않았어도 그렇게 위대한 작품들을 남겼을까요?

블랙커피가 진리처럼 버겁다면 우선 따뜻한 카페라테 한 잔으로 시작해 보세요. 갈색 커피 바탕에 우유로 그린 꽃이나 나무, 하트 등을 찬찬히 들여다보며 그 그림을 그려준 바리스타와, 그 커피가 우리에게 올 때까지 거쳤을 수많은 사람들, 그들의 손과 삶을 생각해 보시지요. 한 잔의 라테가 영혼에 젖을 주어 타인에 대한 감사와 사랑을 키우는 걸 느끼실 겁니다.

이 책의 글들은 대개 제가 2012년 3월부터 2017년 10월까지 진행한 tbs 교통방송(FM 95.1MHz) '즐거운 산책 김흥숙입니다'의 '들여다보기' 코너를 위해 써서 방송에서 읽어드렸던 것들입니다. 서울셀렉션 김형근 대표가 아니었으면 이 글들은 책이 되지 못했을 겁니다. 책에는 바쁘게 달리느라 생각을 잊은 사람들에게 생각으로 가는 길을 찾아주고 싶다는 김 대표의 염원이 담겨 있습니다. 김 대표님과, 책 속의 모든 문장을 정성껏 들여다보며 다듬어주신 서울셀렉션 김유진 팀장님께 감사합니다. 이 책의 문장들이 라테 한 잔과 생각 한 줌으로 이어져 마침내 사랑에 기여하기를 기원합니다.

2017년 겨울
김흥숙

차례

들어가며 4

1월 10

한 해 소망 | 새 달력을 걸며 | 털신 |
작은 고구마 | 밥상 고민 | 짬뽕을
시킬걸 | 우국여가 | 나무집 | 근시와
원시 | 첫 단추 | 텔레비전 | 비결은
사랑 | 헌 돈 줄게 새 돈 다오 | 그곳,
그 일 | 가장 반가운 선물

2월 28

쇼핑중독 | 수양딸 | 사랑일까 |
기차를 타고 | 세상에서 가장 비싼 것
| 명장의 칼 | 두려움 없이 위대하게
| 손님 | 증인 | 검정아, 고마워 |
이름값 | 네모와 동그라미 | 달걀

3월 44

어느새 어른 | 질문하기 |
헌책방 | 경칩 개구리 | 교과서가
너무 많아 | 마지막 이사 | 오층
| 날개 | 목화는 무죄 | 물처럼
호수처럼 | 봄비를 기다리며 | 노트를
사며 | 청년 동전 | 이마는 문 |
군자란 어르신

4월 62

얼굴은 성적표 | 나무를 심자 | 봄은
추억 | 히야신스 별 | 비누는 바쁘다
| 김밥은 무지개 | 봄을 그리라고?
| 가슴에 앉은 나비 | 봄 부음 |
지하철과 노인 | 흙 빛깔 | 지구는
어머니 | 꽃비 | 우리 동네 가게 |
딸기잼 만드는 날

5월 80

파우스트 | 성난 운전대 | 어린이
어른이 | 나이 먹은 이 | 일기예보가
틀릴 때 | 스승의 달 | 옥상 풍경 |
역사를 생각한다 | 늙은 남편의 꽃 |
장미 교실 | 태어남과 죽음 | 늦게
피는 꽃 | 다시 잡고 싶은 손 | 큰돈
| 결혼의 효과 | 친구와 하루를 |
아카시아 향

6월 100

알리의 유언 | 팔찌 | 벽 같은 사람,
유리 같은 사람 | '먹방'과 젓가락질
| 두려움이 두려워 | 축구와 정치 |
발처럼 침묵을 | 여신 | 혼자 먹는 밥
| 마늘각시처럼 | 과일가게 전시회 |
커피와 발암물질 | 유월 더위 |
'붕대족' 여러분! | 할머니와 나비

7월 118

다시 새벽 | 나팔꽃의 목소리 | 장마
끝! | 웃자! | 관절 같은 사람 | 말이
하지 못하는 일 | 히포크라테스 선서 |
어멈, 잡채 하는구나! | 오랜 친구에의
예의 | 식지 않는 밤 | 다리에게
어울리는 일 | 영화와 사람 | 공치는
날 | 바다 보다 | 해피아워

8월 136

침묵의 날 | 엄마 어머니 | 옥수수
같은 사람 | 땀메달 | 할머니의
유모차 | 구름의 이름 | 모래 한 알
속의 우주 | 선풍기 | 계피 같은 |
매일 생일 | 소나기 | 빨간 고추 화환
| 무궁화와 코스모스 | 모기 어르신
| 글에 담기는 마음 | 두 번째 엄마 |
새벽 우렁각시

9월 156

우리 안의 하늘 | 대학생 | 회색 |
반지에 담긴 것 | '어머나' 캠페인 |
소화불량 | 잠옷 | 검은 머리 미역국
| 추석 소원 | 얼굴 지도 | 마음
다림질 | 불을 끄고 별을 켜서 | 여권
| 양파 눈물 | 아름다운 순환

10월 174

남산 | 책이 말을 걸 때 | 새벽에 깨어
있는 곳 | 감마다 노을 | 한글날 |
커피, 카페 | 손톱이 자라네 | 일주일
| 시내버스 사고 | 햅쌀 햇살 | 배낭의
헤아림 | 구두약 같은 사람 | 오늘이
모여 | 라면 끼니 | 느티나무

11월 192

경찰관과 소방관 | 광주의 학생들처럼
| 집 | 진짜 유산 | 낙엽 편지 | 요
뗏목 | 대사 | 신발 바닥에 붙은 낙엽
| 옷과 교양 | 귀는 물음표를 닮았네 |
초 | 일곱 시 | 김치를 담그며 | 장갑
| 지상의 거처

12월 210

인간의 수명 | 꿈 | 백설기 나눔 |
모자를 쓰는 이유 | 마음의 덧창 |
노랑 | 큰손 큰마음 | 붕어빵 2천
원어치 | 어머니의 엄지 | 플라타너스
| 1.5도에 꼼짝 못하면서 | 전봇대가
무거워 | 눈이 내린 자리 | 새해 소망
| '우리'를 찾아서 | 마지막

헤진 털신을 보니 부모님이 생각납니다.
내 몸의 가장 낮은 곳을 감싸주는 털신처럼
내가 가장 힘들 때 나를 감싸주는 분들….

성공하는 것도 좋고 돈 버는 것도 좋지만
저는 그저 부모님께 털신 노릇이나 했으면 좋겠습니다.
마음이 시리지 않게, 발이 얼지 않게
제게 해주신 것의 반의반이라도 했으면 좋겠습니다.

1월

한 해 소망

새 달력을 걸고
지난 달력을 들여다봅니다.
사교적인 사람이 아닌데도
점심, 저녁 약속이 적지 않았습니다.

그때 그 사람과 무엇을 먹었는지는 기억나지 않지만,
무슨 말이 오갔는지는 어렴풋하게나마 생각납니다.

듣기 좋은 말을 들었지만 덤덤한 적도 있었고,
지나가듯 하는 말에 크게 고무되어
구름 위를 걷는 것 같을 때도 있었습니다.

올해도 누군가와 한 상에 앉아 말과 음식을 나누겠지요.
요리에 관한 말은 요란해도 정성 어린 밥상은 줄어든 세상,
'사랑한다'는 말은 넘쳐도 '사랑'은 줄어든 세상.

말은 줄이고 정성 들인 음식을 대접해야겠습니다.
'사랑한다'고 말하지 않고 사랑하는 것,
그것이 올해의 소망입니다.

새 달력을 걸며

새해가 되었지만
세상은 지난해와 다르지 않습니다.
아침을 여는 해도 밤을 밝히는 달도 그대로이고
1월의 바람도 12월의 바람처럼 비릿하고 차갑습니다.

'모든 것이 그대로인데
연도와 달력은 뭐 하러 바꾼다지?'
그러나 다시 생각하니 연도와 달력이 바뀌어 다행입니다.
연도가 바뀌지 않으면 12월 다음에 13월이 오고
13월 다음에 14월이 올 테니 달력이 책처럼 두꺼워지겠지요.
달력의 두께도 그렇지만
마음을 새롭게 다질 일도 드물 겁니다.

새 달력을 걸며 결심합니다.
'더 많이 사랑해야지.
아니, 아무도 미워하지 말아야지…'

그러고 보니 작년 이맘때도 똑같은 결심을 했습니다.
세상이 달라지지 않은 건 저 같은 사람이 많아서이겠지요?
다시 같은 목표를 향해 나아가며 저 자신과 싸워야겠습니다.
올해엔 꼭 목표를 이루고 싶습니다.
저를 바꿔 세상을 바꾸고 싶습니다.

털신

오래된 털신의 바닥이 닳아서
찬바람이 숭숭 들어옵니다.
그러고 보니 이 신발을 신고
참 여러 곳을 돌아다녔습니다.

영하의 거리도 털신을 신으면 걸을 만했고
물이 얼어붙어 미끄러운 골목길도 두렵지 않았습니다.
털신 덕에 겁 없이 겨울 복판을 쏘다니면서도
털신에게 고맙다는 생각을 해본 적은 없었습니다.

헤진 털신을 보니 부모님이 생각납니다.
내 몸의 가장 낮은 곳을 감싸주는 털신처럼
내가 가장 힘들 때 나를 감싸주는 분들….

살기 바쁘다고, 제 아들딸 챙긴다고
종종걸음 치는 자식들을 보며
부모님은 겨울나무처럼 외로우셨겠지요.
낡은 털신으로 스며드는 찬바람 같은 것이
두 분의 마른 가슴으로 숭숭 드나들었을 겁니다.

성공하는 것도 좋고 돈 버는 것도 좋지만
저는 그저 부모님께 털신 노릇이나 했으면 좋겠습니다.
마음이 시리지 않게, 발이 얼지 않게
제게 해주신 것의 반의반이라도 했으면 좋겠습니다.

작은 고구마

겨울은 고구마의 계절이지만
맛 좋은 고구마를 만나는 것도 쉽지 않고
값도 만만치 않습니다.

동네 마트에서 값비싼 고구마를 보고
아쉬운 마음으로 돌아 나오는데,
마트 입구에 쌓여 있는 작은 고구마가 눈에 띄었습니다.
맛은 좋아 보이는데 크기가 작아
조금 전에 본 고구마의 삼분의 일 값이었습니다.

큰 고구마는 익히는 데 오래 걸리고
한 개 다 먹기 부담스러워 잘라 먹다보면
남은 조각이 말라서 버리는 일도 생깁니다.
작은 고구마는 금세 익고 잘라 먹을 필요도 없는 데다
값도 주머니 사정에 딱 맞으니 안성맞춤입니다.

'군자는 부유할 땐 부유한 사람답게, 가난할 땐 가난한
사람답게 사는 사람'이라는 말을 들은 적이 있습니다.
학식과 덕망이 높은 군자는 아무나 될 수 없지만
형편에 맞게 사는 군자는 누구나 될 수 있겠지요.
저도 그런 군자가 되고 싶습니다.

밥상 고민

두 여인이 이야기를 나눕니다.
"요즘 뭐 해먹어?"
"요새 시금치 달던데?"
"무쳐 먹었어?"
"응, 엊그젠 참기름에 무쳤으니까 오늘은 초고추장에 무칠래."
"그래? 나도 포항초나 한 단 사야겠다."
"포항초 사게? 난 섬초가 좋던데."

어머니의 고민거리 중 으뜸은
가족에게 무엇을 해 먹일까 하는 겁니다.
이상적인 밥상은 일곱 색깔 무지개 밥상이라지만
다섯 가지 색깔만 있어도 충분합니다.
김치는 빨갛고 달걀은 노랗고 밥은 희고 김은 검으니
초록색 시금치만 있으면 됩니다.

어머니가 밥상 고민을 많이 하면 가족들이 행복합니다.
어머니의 밥상엔 맛있는 음식과 함께 기도가 담기니까요.

올해엔 아이들 성적이나 학원에 대해 고심하기보다
'뭘 해먹을까' 궁리하는 어머니가 늘어나길 바랍니다.
포항초를 살까, 섬초를 살까,
참기름에 무칠까, 고추장에 무칠까,
고민하는 어머니 손에 '행복의 열쇠'가 있을 테니까요.

짬뽕을 시킬걸

중국음식점에 가면
짜장면과 짬뽕 중에 무얼 먹을까 고민하는 사람이 많습니다.
짜장면을 먹으며 '짬뽕을 시킬걸' 하는 사람이 있고,
짬뽕을 먹으며 '짜장면을 먹을걸' 하는 사람도 있습니다.

때로는 상황이 선택을 도와줍니다.
감기 든 사람은 짜장면보다 짬뽕을 찾습니다.
매콤한 국물이 땀을 내게 하여 열을 내려주니까요.

해고노동자들이 높은 망루에 올라가고
억울한 일을 당한 사람들이 거리로 나서는 것도
상황 때문입니다. 상황은 선택을 도울 뿐 아니라
강요하기도 하니까요.

올해엔 상황이 선택을 강요하는 일이 없었으면 좋겠습니다.
한겨울 추위와 한여름 더위 속에
한데서 시위해야 하는 상황이 없기를 바랍니다.

짜장면과 짬뽕을 놓고 고민하듯
시민들 모두 즐거운 고민에 빠질 수 있기를,
선택을 강요당하는 사람은 하나도 없기를 소망합니다.

우국여가

새해 벽두, 한지에 인쇄된 경책을 받았습니다.
한승헌 변호사님이 엽서 두 장 크기의 한지에
붓으로 써 보내신 '우국여가憂國如家',
'나라 걱정을 제 집 걱정하듯이 하라'는 뜻입니다.
출처는 《삼국사기》라고 맨 아래 쓰여 있습니다.

요즘은 너나 할 것 없이 제 집 걱정하느라 바쁘고,
'나라 걱정하면 밥이 생기나, 돈이 생기나?' 하는
냉소가 팽배합니다.
그러나 나라가 없으면 제 집도 없다는 걸
역사를 아는 사람은 누구나 압니다.

나라 걱정을 어떻게 해야 하는지 알 수 없을 땐
자기 집 걱정을 어떻게 하는지 생각해보면 알 수 있습니다.

나쁜 일에 빠지지 않고, 잘못된 것은 고치고,
도둑이 들면 잡거나 쫓고, 사치하지 않고,
가족 중에 불행하고 우울한 사람이 있으면
그 상태를 벗어나게 돕는 것….
그렇게 살려고 마음 쓰는 게 '집 걱정'이겠지요.

한 변호사님이 보내주신 네 글자를 보니
올 한 해 나라 사랑에 더욱 힘써야겠습니다.
'걱정함'을 뜻하는 '우憂' 자 속에 '사랑 애愛' 자가 선명합니다.

나무집

1월 15일

집을 허무는 데는 반나절밖에 걸리지 않지만
집을 세우는 데는 훨씬 긴 시간이 필요합니다.

콘크리트로 지어지는 집을 볼 때는
집이라기보다 건물을 짓는다는 생각이 드는데
나무로 짓는 집은 전혀 다른 느낌을 줍니다.
콘크리트집 짓는 것이 건설공사라면
나무집 짓기는 건축예술이라고 할까요?

목재 기둥을 적당한 간격으로 세워 벽을 만드니
허공에서 크고 작은 방들이 태어납니다.
그 방에서 사람이 자라고 사랑하고 누워 앓기도 하고
가끔은 저 세상으로 가기도 하겠지요.

생김새와 나이, 생활 형편과 사는 기간은 달라도
저 집에 사는 사람들이 두루 평안했으면 좋겠습니다.
그 사람들 모두 숲을 거니는 마음으로 살면
목재가 되고 집이 된 나무들도 기뻐하지 않을까요?

근시와 원시

저는 눈이 아주 나쁩니다. 초고도근시라고 하지요.
나쁜 눈 때문에 버스를 놓친 적도 있고
사람을 알아보지 못해 오해를 산 적도 있지만,
나이 든 지금 돋보기를 끼지 않고도 책을 볼 수 있으니
젊은 시절의 불편을 상쇄 받는 기분입니다.

대개 시력이 좋던 사람들이 먼저 원시가 됩니다.
먼 것은 잘 보여도 가까운 것이 보이지 않아
돋보기를 쓰고 책을 보는데,
그러면 눈과 머리가 금세 피곤해진다고 합니다.

요즘은 스마트폰과 길어진 밤 생활로 근시가 늘어
십대 청소년 열 명중 여덟 명이 근시라고 합니다.
하루에 1시간 이상 밖에서 놀고,
스마트폰은 1시간 이내로 사용해야
근시를 예방할 수 있다고 하지만,
그렇게 할 수 있는 젊은이가 몇이나 될까요?

근시든 아니든 나이가 들면 시력이 나빠집니다.
그러나 나빠지는 건 육안肉眼이며
심안心眼은 나이 들수록 오히려 밝아질 수 있다니,
지금부터 '마음눈'을 닦아야겠습니다.
눈이 더 나빠져 책을 읽을 수 없을 땐
보이는 것 너머를 보며 유유자적하고 싶으니까요.

첫 단추

찬바람 속에서 코트를 여미는데
단추 하나가 떨어져 또르르 굴러가 버립니다.
인도는 물론이고 차도까지 눈 크게 뜨고 살펴봐도
단추는 보이지 않습니다.

'첫 단추를 잘 끼워야 한다'는데,
잘 끼우기는커녕 잃어버렸으니 어쩐다지? 게다가 새해 초입에!
머릿속이 복잡해지며 걸음이 느려지는데
마음속 친구가 속삭입니다.

"단추 하나 떨어진 것 가지고 웬 요란이야?
평소엔 여미지도 않는 첫 단추….
꼭 필요하면 비슷한 것으로 하나 사 달면 되잖아?
'첫 단추를 잘 끼워야 한다'는 건 시작이 중요하다는 뜻이지
단추 자체가 중요하다는 말은 아니잖아?"

오랜 친구 덕에 다시 발걸음이 가벼워집니다.
갈수록 자주 머리가 아픈 이유는 중요하지 않은 일에
마음을 쓰기 때문일지 모릅니다.

맞춤한 단추를 사 달 수도 있지만 사지 않겠습니다.
추운 날 이 코트를 입을 때마다 오늘을 생각하며
저를 들여다보고 싶으니까요.

텔레비전

오랫동안 친구 노릇을 해주던 텔레비전이 켜지지 않습니다.
수리전문가를 불렀더니 부품이 없어 고칠 수 없다고 합니다.

텔레비전이 침묵하니 온 집안이 조용하고
가족들은 오랜만에 텔레비전 대신 서로를 바라봅니다.
아들은 '아버지 머리숱이 더 줄었네.
어머니도 주름이 더 는 것 같아.' 하고 생각하는 듯하고,
아버지는 '아들 머리가 언제 저렇게 희어졌지?
스트레스가 심한가 보구나.' 하는 것 같습니다.

어머니는 그런 두 사람을 바라보며 잠깐
'텔레비전 없이 살아볼까?' 생각하다가 이내 고개를 젓습니다.
부부는 나이 들어가며 누워 앓는 일이 많아지겠지만
살기 바쁜 아들이 자주 찾아오긴 어려울 거고,
그럴 땐 집안의 침묵이 반갑기보단 무겁게 느껴질 테니
텔레비전이 좋은 친구가 될 겁니다.

아무래도 새 것을 하나 사야겠습니다.
고칠 수 없는 몸이 되어 떠나갈 때까지
함께 웃고 울 친구가 있으면 좋을 테니까요.

비결은 사랑

어머니는 여든일곱에도 여전히 아름답습니다.
그 비결은 사랑입니다.
사랑한다는 말을 하신 적은 없지만
어머니의 사랑은 그냥 압니다.

점심을 먹고 잠시 걷다가 예쁜 카페에 들어갑니다.
"어머니와 따님이 함께 계시니 참 보기 좋네요.
저는 아들뿐이니 어쩌죠?"
카페의 여주인이 서운한 듯 웃습니다.

'서운해 하지 마세요. 세상 모든 어머니는 우리 어머니,
세상 모든 아들딸은 다 우리 아이잖아요?'
제 동갑쯤 되는 그이에게 속으로만 얘기합니다.

어느덧 해가 뉘엿뉘엿합니다.
버스의 노약자석에 앉아 휴대폰을 들여다보던 젊은이가
서 계신 어머니를 뒤늦게 보고 놀란 듯 일어납니다.
역시 '우리' 아들입니다.

마침내 헤어질 시각,
어머니는 잘 놀았다며 활짝 웃으십니다.
딸이었던 어머니가, 어머니가 된 딸과 함께 한 시간,
사랑을 주고받은 그 시간이 행복하신 거겠지요.
막 헤어진 어머니가 벌써 그립습니다.

헌 돈 줄게 새 돈 다오

저는 돈을 좋아합니다.

새 돈이 좋지만 구하기 힘드니
헌 돈이라도 긴 지갑에 판판히 펴 넣어 가지고 다닙니다.
돈은 잠시 저를 찾아온 손님이니 손님 대접을 하는 것이지요.

돈을 잠시 머물다 가는 손님이 아니라
깊이 숨겨둬야 할 보물이라고 생각하는 사람들도 많습니다.
항아리 속에, 장판 밑에, 심지어 세탁기 아래에 두었다
못 쓰게 되는 돈이 일 년에 6억여 원이나 된다고 하는데,
이런 사람들은 큰 부자가 아닐 겁니다.
큰 부자들은 집이나 은행에 있는 튼튼한 금고를
이용할 테니까요.

설 명절의 재미 중 하나는 세뱃돈을 주고받는 것입니다.
누구나 세뱃돈은 새 돈으로 주고 싶어 하지만
돈 없는 사람이 새 돈을 구하기는 쉽지가 않습니다.

올 설엔 은행들이 가난한 사람들의 헌 돈 먼저
새 돈으로 바꿔주었으면 좋겠습니다.
부자의 세뱃돈보다 액수는 적을지 몰라도
빈자의 세뱃돈은 간절한 사랑을 담은 편지고 기도문이니까요.

그곳, 그 일

누구에게나 가보고 싶은 곳과
해보고 싶은 일이 있습니다.

가보고 싶은 곳과 해보고 싶은 일,
'그곳'과 '그 일'의 공통점은 계속 미뤄진다는 것입니다.
'지금은 먹고 살기가 힘드니 좀 살 만 하면 가봐야지.'
'지금은 해야 할 일이 많으니 이다음에 해야지.'

그러나 지혜로운 사람들은
하고 싶은 일은 바로 지금 해야 한다고 합니다.
사정이 허락할 때 하겠다고 미루다보면
기회가 영영 오지 않는다는 것이지요.

사고나 질병으로 갑자기 세상을 떠나는 사람들…
그들도 우리처럼 '그곳'을 꿈꾸고 '그 일'을 그리면서도
내일로 미래로 미루었을지 모릅니다.

해 바뀌고 벌써 한 달.
올해엔 모든 사람들이 꼭 가보고 싶은 곳에 가고,
해보고 싶은 일을 하기를 바랍니다.
꿈꾸던 일을 해본 사람의 마음엔 앙금이 없을 거고,
그런 사람이 많으면 세상도 밝아질 테니까요.

가장 반가운 선물

명절이 열흘도 남지 않았습니다.
이제 곧 찻길, 뱃길, 하늘길 모두
고향을 그리는 마음으로 넘쳐나겠지요.

경제사정이 나빠지고 취직이 어렵다보니
고향에 가지 않겠다고 하는 사람들이 있습니다.
오랜만에 뵙는 부모님께 선물도 사드리지 못하니
고향에 갈 수가 없다는 것이지요.

그렇지만 제일 좋은 선물은 사람이고 사랑입니다.
부모에게 가장 반가운 선물은 자식의 웃는 얼굴입니다.

선물 살 돈이 없어 고민하는 분들, 편지를 쓰세요.
흰 종이든 분홍 종이든 종이 한 장에
아버지 어머니에 대한 사랑을 적어 보세요.
앞으로도 언제나 사랑하겠다는 약속과 함께
지난날의 추억도 곁들여 보세요.

돈 주고 사야만 선물이 아니고
돈 있는 사람만 반가운 명절이 아닙니다.
마음이 담긴 것은 무엇이나 선물이고
서성이던 사람 모두 함께 둘러앉아야 명절입니다.

한 살을 더 먹으려면 일 년 동안
정신적 육체적 고통을 겪어야 합니다.

비싼 값을 치르고 한 살 더 먹었으니
그만큼 넓어지고 깊어지고 싶습니다.

무엇보다 더 자유로워지면 좋겠습니다.
보이는 세상에서 보이지 않는 것들을 볼 수 있어야
진정한 자유를 얻을 수 있으니
눈 감고 보는 시간을 늘리겠습니다.

2월

쇼핑중독

2월 4일

아파트 경비실에 배달된 물건을 찾으러 가니
경비원 아저씨가 상자를 건네며 말합니다.
"502호엔 매일 예닐곱 개씩 택배가 와요.
보내는 곳이 다 홈쇼핑이나 백화점인 걸 보면
사업하는 게 아니고 쇼핑중독이에요."

건성으로 응대하고 돌아오는데 기분이 좋지 않습니다.
'수다쟁이 아저씨네. 왜 나한테 남의 집 얘기를 하지?'
얼굴도 모르는 502호 사람에게 미안한 생각이 듭니다.

쇼핑중독은 우울하거나 외로운 사람이 잘 걸리는데,
가족과의 불화 같은 집안 문제도 중독을 부추긴다고 합니다.

문득 우리 집에 배달돼 오는 상품들이 떠오릅니다.
우리 식구들도 말 못할 괴로움 때문에
물건을 사들이는 건 아닐까요?

어쩌면 우리 가족들의 마음을 살펴보라고
경비원 아저씨가 제게 남의 집 얘기를 한 건지도 모릅니다.
잠깐이지만 아저씨를 수다쟁이라고 욕했던 게 미안합니다.
사과의 뜻으로 엊그제 배달돼온
사과라도 몇 개 드려야겠습니다.

수양딸

가족부터 남까지, 제가 삶을 영위할 수 있게
도와주는 사람이 많은데
그중에도 특히 감사한 건 수양딸들입니다.

'남의 자식을 데려다가 제 자식처럼 기른 딸'이
수양딸이라는데, 저는 기르지도 않고 딸을 얻었습니다.
피도 통하지 않고 사는 곳도 다른 우리…
바라보는 곳이 비슷하여 모녀가 되었습니다.

수양모녀는 친모녀보다 서로에게 예의 바르고
사소한 사랑 표현에도 쉽게 감동합니다.
운명이 맺어준 친딸, 친엄마와 달리
수양딸, 수양엄마는 서로가 선택한 사랑이니까요.

사람들이 모두 누군가의 수양자녀가 되고
수양부모가 되면 어떨까요?
산이 무너지지 않게 붙들고 있는 나무뿌리들처럼
이리저리 얽힌 수양가족들 덕에
세상이 조금 더 안정되고 따뜻해지지 않을까요?

사랑일까

저는 커피를 매우 좋아하지만
돈이 없거나, 몸이 좋지 않을 땐
일주일에서 열흘씩 한 잔도 마시지 않습니다.

담뱃값이 크게 오르자
개비 담배를 사서 피우거나
싼 수입담배를 찾는 애연가가 늘었습니다.

어찌 보면 담배와 커피는 만날 수 있을 때 만나 행복한
친구나 애인 같습니다.

불면증으로 고생하면서 커피를 계속 마시거나,
기침감기에 걸려 콜록거리면서도 담배를 피우고,
커피나 담배를 살 돈이 없는데도
어떻게든 마시고 피우려 애쓴다면
삶의 맛을 즐기는 애호가가 아니라
카페인과 니코틴에 사로잡힌 불쌍한 중독자이겠지요.

우정이나 사랑도 마찬가지입니다.
아무리 만나고 싶어도 형편이 여의치 않을 땐
만나지 않고도 견딜 수 있어야 합니다.
만나지 못하면 이별이고 만나야만 사랑이라고 한다면
그건 아마도 불안이거나 중독일 겁니다.

기차를 타고

'여행' 하면 비행기를 타거나 자가용을 몰고
떠나는 것을 생각하는 사람들이 많지만
저는 기차를 좋아합니다.

비행기는 중간에 내리고 싶어도 내릴 수 없고
차를 몰고 가면서는 풍경을 제대로 즐길 수 없으니까요.
기차에도 목적지가 있지만
내리고 싶으면 그 전에라도 내릴 수 있습니다.

넓은 창으로 보이는 산은 언제 보아도 아름답고
겨울 논과 밭에선 자라는 것이 없어도
농부의 손길이 느껴집니다.

기차역 앞의 화려한 풍경과
달리는 기차에서 보는 도시의 뒷모습은
남들의 눈에 보이는 제 모습과
남들이 보지 못하는 제 모습을 생각하게 합니다.

비둘기호, 통일호, 무궁화호….
쉬엄쉬엄 달리던 기차들은 점차 사라지고
쏜살같이 내닫는 KTX는 늘어납니다.
저 빠른 기차를 타고 우리가 가는 곳은 어디일까요?

세상에서 가장 비싼 것

설 지나 나이가 한 살 늘었습니다.
나이는 공짜라고 생각하는 사람이 많지만
나이처럼 비싼 것도 없을 겁니다.

한 살을 더 먹으려면 일 년 동안
정신적 육체적 고통을 겪어야 합니다.
어떤 일 년은 조금 가볍고 어떤 일 년은 더 무겁지만
일 년을 온전히 살아내는 건 쉬운 일이 아닙니다.

비싼 값을 치르고 한 살 더 먹었으니
그만큼 넓어지고 깊어지고 싶습니다.
옳고 그른 것은 따져야 하겠지만
옳은 것에 그늘은 없는지,
그른 것에 억울한 건 없는지 들여다봐야겠습니다.
아름다운 것과 추한 것을 나누는 눈은 필요하지만
그 눈이 왜곡된 것은 아닌지 생각해보겠습니다.

무엇보다 더 자유로워지면 좋겠습니다.
보이는 세상에서 보이지 않는 것들을 볼 수 있어야
진정한 자유를 얻을 수 있으니
눈 감고 보는 시간을 늘리겠습니다.

나이는 자유를 향해 가는 기차.
그 역이 한 정거장 더 가까워졌습니다.

명장의 칼

명장이 만든 멋진 칼을 선물 받아
스윽 쓱 신나게 쓰다가 손가락을 베였습니다.
열 손가락 중 하나를 다쳤을 뿐인데
집안일은 물론 세수하기도 힘이 듭니다.

손가락 때문에 불편을 겪다보니
손가락은 물론 전신을 거의 움직이지 못하는
천재 물리학자 스티븐 호킹이 떠오릅니다.

그는 겨우 스물한 살에 근육이 위축되는 루게릭병에 걸려
일, 이년밖에 살지 못할 거라는 진단을 받았지만
뛰어난 업적을 세우며 일흔 중반에 접어들었습니다.

호킹과는 비교할 수 없게 평범한 저는
평범한 만큼 편한 삶을 살아왔는데
한동안 그 사실을 잊고 지냈습니다.

칼을 선물하면 관계가 끊어진다는 말이 있지만,
친구가 선물한 명장의 칼은
잊고 있던 행운을 상기시켜주는 '명상의 칼'입니다!
칼을 선물해준 친구에게 더욱 고맙습니다.

두려움 없이 위대하게

2014년 2월 14일

러시아 소치에서 열린 동계올림픽 경기를 보며
인간의 위대함을 생각합니다.

하늘로 날아올라 새처럼 나는 스키 선수들,
빙판 위에서 회오리가 되고 요정이 되는 피겨스케이터들,
1,000분의 1초를 놓고 다투는 스피드스케이팅 선수들….
저 짧은 순간을 위해 얼마나 오랫동안 자신과 싸웠을까요?

인간의 위대함을 생각하면
제일 먼저 안중근 의사가 떠오릅니다.
2월 14일은 초콜릿으로 사랑을 고백하는 발렌타인데이라지만,
1910년 그날은 대한의군 안중근 참모중장이
일본제국 추밀원 의장 이토 히로부미를 사살한 죄로
사형을 선고받은 날입니다.

안중근 의사와 소치의 용사들처럼 우리도 사람입니다.
우리가 위대해지지 못하는 건
자신과의 싸움을 포기하거나 두려움에 굴복하기 때문이겠지요.

올해는 '푸른 말의 해'.
두려움 없이 하늘을 나는 푸른 말처럼
자유롭게 살아야겠습니다.
겁이 날 땐 안중근 의사와 소치의 용사들을 생각하면서.

손님

외국에 사는 친구가 오랜만에 서울에 왔습니다.
친구가 묵을 방을 청소하다 보니
구석구석 쌓인 먼지가 한겨울 눈 같습니다.

《명심보감》에 인용된 《경행록》 구절이 떠오릅니다.
"손님이 찾아오지 않으면 집안이 천해지고
시서를 가르치지 않으면 자손이 어리석어진다."

손님의 눈으로 저와 제 집과 제가 사는 동네를 바라봅니다.
늘 보던 나무들, 어린아이들, 노인들… 새삼 반갑고 신기하지만,
'저건 저렇지 않으면 좋겠는데' 싶은 모습들도 있습니다.

살아오며 만난 사람들은 모두 제 인생의 손님들입니다.
그들 덕에 웃으며 인생은 살 만하다고 생각한 적도 있고
그들 때문에 화내며 저를 돌이켜본 적도 있습니다.
그들이 없었다면 제 인생은 백지처럼 외로웠을 거고
제 마음의 키도 지금보다 훨씬 작았겠지요.

친구가 집으로 돌아갈 때
우리 집에 머물렀던 시간이 좋은 추억이 되면 좋겠습니다.
지구의 손님인 우리가 이곳을 떠날 때도
참 좋은 시간이었다고 말할 수 있으면 좋겠습니다.

증인

우리가 인식하든 인식하지 못하든
우리는 모두 2017년 2월 지구촌의 삶,
정치, 경제, 사회, 문화… 모든 것을 지켜보는 증인들입니다.

증인이 있는 그대로 보고 정직하게 진술해야
정확한 판결이 이뤄지지만, 증인들 중엔 거짓말쟁이가
적지 않아 공정한 세상을 방해합니다.

저는 아직 법정에 증인으로 출두한 적은 없지만
최근에 제가 아주 영광스러운 증인이 되어 있다는 걸
알았습니다.

아시아 여러 곳의 열악한 삶을 향상시키기 위해 일하는
후배를 오랜만에 만나 지구촌과 서울의 삶에 대해 고민하다
헤어졌는데, 나중에 그가 휴대전화 문자를 보내주었습니다.
거기엔 "선배, 제 삶의 증인이 되어주셔서 감사합니다."라고
쓰여 있었습니다.

모르는 사이에 그의 삶의 증인이 된 저는
과연 신뢰할 만한 증인일까요?
있는 그대로 보고 거짓말하지 않는 정직한 사람일까요?
이제부터라도 그런 증인이 되어야겠습니다.

검정아, 고마워

지하철 긴 의자에 일곱 명이 앉았는데
모두가 검정 옷을 입고 있어 일행 같습니다.

겨울은 검정이 고마운 계절입니다.
가물어 물 귀하고 두꺼운 옷 세탁하기 어려운데
검정이 없어 흰옷만 입어야 한다면
힘든 겨우살이가 더 힘들어질 겁니다.

게다가 검정은 빛을 받아들여 스스로를 데우니
추위를 이기는 데도 도움이 됩니다.

3월이 지척이니 봄이 가깝다지만
마음은 아직 겨울입니다.
겨우내 몸을 따뜻하게 해준 검정이
마음의 온도도 올려주면 좋겠습니다.

노랑, 빨강, 연두… 봄 빛깔에 밀려날 검정.
너무 멀리 가지 않았으면 좋겠습니다.
마음이 추울 땐 언제나 돌아와 주면 좋겠습니다.

이름값

이름은 대개 희망하는 것,
실현하고 싶은 이상을 나타냅니다.

'일어날 홍興'과 '맑을 숙淑'으로 이루어진 제 이름.
물도 바람도 일어날 때는 탁해지기 마련인데
'일어나되 맑아야 한다'니 이름값을 하기가 쉽지 않습니다.

2010년까지 한국인이었던 안현수 선수는
우리나라 빙상계의 문제 때문에
러시아인 빅토르 안이 됐지만,
'승리'를 뜻하는 '빅토르'답게 동계올림픽에서 승리했습니다.

한국의 인사들과 기관들이 각자 이름값을 했으면
안 선수처럼 뛰어난 사람이 타국인이 되지 않았을 겁니다.
다시는 안 선수처럼 뛰어난 동포를 잃지 않기를 바랍니다.

'일어나되 맑은' 사람이 되는 게 쉽지는 않겠지만
저도 꼭 이름값을 하는 사람이 되고 싶습니다.

네모와 동그라미

사람들은 대개 네모난 집에 살며 네모난 차를 타고
네모난 건물에 있는 교실이나 일터로 향하는데,
건물 사이로 가끔 보이는 하늘마저 사각형입니다.

그렇지만 좋은 것들 중엔 둥근 게 많습니다.
꽃과 나무를 키우는 해, 어둠을 밝히는 달,
아이를 행복하게 하는 엄마의 얼굴,
뛰놀기 좋은 운동장, 사랑을 약속하는 반지도 둥그렇습니다.

동그라미는 금세라도 움직일 태세이지만
네모는 한자리에서 꿈쩍도 하지 않을 것 같습니다.
사람들의 창의성이 고갈된 것은 네모 속 생활이
생각까지 네모나게 고착시켰기 때문일지 모릅니다.

아파트 창문과 건물의 간판처럼 흔한 것들부터
둥글게 만들면 어떨까요?
전국적으로 시행하기 어려우면, 우선 한 지역에서부터
'둥글게 운동'을 시작해볼 수도 있겠지요.
그곳 사람들이 더 원만하고 창의적으로 바뀌면
이 운동에 참여하는 사람과 지역이 늘지 않을까요?

달걀

2월 28일

달걀 한 알에 백 원도 안 되던 시절엔
'달걀찜 무한리필'을 내건 식당도 있었지만
조류독감으로 무수한 닭이 생매장되며
달걀 값도 올랐습니다.

달걀을 수입해 값을 낮춘다지만
먼 데서 온 달걀을 의심쩍어 하는 사람이 많고,
이참에 항생제와 성장호르몬제를 이용한 공장식 축산을
자연 방목 축산으로 바꾸자는 목소리가 높습니다.

생달걀 먹는 것을 좋아하는 일본에는
한 알에 몇 천 원인 달걀도 있다지만
우리나라에선 아무리 좋은 친환경 달걀도
한 알에 천 원이 되지 않습니다.

닭을 괴롭혀 얻은 달걀 열 개를 먹는 대신
행복한 닭이 낳은 달걀 하나를 먹으면
'무한리필'로 인한 과식이 사라지고,
사람들도 좀 더 행복해지지 않을까요?

기승을 부리는 먼지를 잠재우는 건
소리 없이 내리는 봄비입니다.
육체가 죽어 먼지가 되는 건 막을 수 없지만
영원히 사는 방법은 꼭 하나, 봄비처럼 사랑하는 겁니다.
목마른 대지에 물을 주고 떠도는 먼지를 붙들어 앉혀
생명을 키우는 봄비.

봄비를 기다립니다.

3월

어느새 어른

찻집엔 사람이 많지만
저보다 나이 많은 사람은 별로 없습니다.
어른이 되려고 한 적이 없는데
어느새 어른이 된 것입니다.

모르는 게 갈수록 많아지는데
어른 노릇을 어떻게 하나 고민하다가
결론을 내립니다.

어른은 어린이와 젊은이를 달래고 '어르는 사람'
그러니 모르면서 아는 척하지 말고
나무처럼 그늘을 주고 바위처럼 앉을 곳을 주면
젊은이들 스스로 길을 찾아내리라….

나무나 바위처럼 조용히 살다 보면
어느 날 문득 어른이 어르신이 되고
조용한 어르신으로 또 몇 년 살다 보면
마침내 흙이 되어 거대한 침묵의 일부가 되겠지요.
존경스러운 어르신들의 말수가 적은 이유를
이제야 알겠습니다.

질문하기

여기저기서 입학식이 열립니다.
초등학교를 졸업하면 중학교에 가고
중학교를 졸업하면 고등학교에 가고
고등학교를 졸업하면 대학교에 가는 게 당연하다고요?
정말 그럴까요?

학교는 왜 갈까, 상급 학교에 진학하는 이유는 무엇일까,
질문은 간단해도 답은 간단하지 않습니다.
인터넷과 스마트폰만 있으면 온갖 지식을 접할 수 있고
학원에 가면 훨씬 짧은 시간에 알아야 할 것을 알 수 있는데
학교에 왜 굳이 가야 할까요?

19세기 말 우리나라에 처음 생긴 근대식 학교,
이제 백 년 이상 지났으니
이런 식의 교육이 여전히 유효하고 필요한지
따져 봐야 하지 않을까요?

새 학교에 입학한 학생들이 제일 먼저
질문하기를 배웠으면 좋겠습니다.
학교에 가는 자녀에게 '선생님 말씀 잘 듣고 오라'고 하는 대신
'궁금할 땐 언제나 물어보라'고 하는 부모가
많았으면 좋겠습니다.
질문은 생각에서 나오고 답은 질문 속에 있으니까요.

헌책방

3월 4일

헌책방의 수많은 책들 사이를 걷다 보면
이 별에 살다가 떠나간 사람들이 생각납니다.

톨스토이, 보부아르, 윤동주, 전혜린…
한때 지구의 주민이었던 그들은 지금
어느 별의 주민이 되어 있을까요?

책은 꼭 사람 같아서 얼굴도 속내도 각양각색입니다.
그러니 책을 많이 읽고도 자기와 '다른' 생각이나 행동을
받아들이지 못한다면 책을 잘못 읽은 것이겠지요.

기업이 운영하는 중고서점은
난방도 잘 되고 깔끔하지만
헌책의 냄새도 사람의 냄새도 나지 않습니다.

외롭고 힘든 날엔 진짜 헌책방에 가보세요.
손때 묻은 책에서 풍기는 사람 냄새를 맡으며
이 별을 다녀간 사람들과 다녀갈 사람들을 생각해보세요.

경칩 개구리

경칩은 3월이지만 1월 중순에 깨어난 개구리들도
많다고 합니다. 지구온난화로 기온이 올라가니
봄이 온 걸로 착각한 것이지요.

겨울잠에서 깬 개구리 대부분은
논이나 웅덩이 등 물 고인 곳에 알을 낳습니다.
그 알들이 부화해 올챙이가 되고
올챙이로 두어 달 산 후에야 개구리가 됩니다.

사람도 전혀 다른 형태로 태어나
개구리처럼 완전한 변화를 겪은 후에 사람이 되면 어떨까요?
그림형제의 동화에 나오는 <개구리왕자>처럼
특별한 누군가를 만나야만 사람이 되면 어떨까요?

그러면 사람들이 지금보다 조금 나은 존재가 되어
환경을 덜 오염시킬 수 있지 않을까요?
척추동물 중에 가장 도약을 잘하는 개구리처럼
사람도 자꾸 도약할지 모릅니다.

환경오염으로 기형 개구리가 늘고
멸종 위기에 처한 종도 많다는데
너무 일찍 깨어난 개구리들이
꽃샘추위에 죽지나 않을까 걱정입니다.
"개구리야, 미안해, 조금만 버텨다오!"

교과서가 너무 많아

3월 8일

새 교과서를 안고 가는 고등학생을 만났습니다.
《국어》,《수학》,《영어》는 두 권씩이고,《과학》관련 책은 세 권,
《미술창작》,《음악과 생활》,《운동과 건강생활》…
합하면 스무 권 가까이나 됩니다.

세계에서 제일 인터넷 보급이 잘 된 나라에서
왜 교과서가 과목당 두세 권씩 필요한 건지
이해할 수가 없습니다.

제일 이상한 과목은 《영어》입니다.
인터넷만 접속하면 지금 세계인이 사용하는
살아 있는 영어를 배울 수 있는데,
실용영어 책이 두 권이라니요.

《미술창작》으로 공부하는 대신 좋은 전시회에 가고
《음악과 생활》을 읽는 대신 판소리와 베토벤을 듣고
《운동과 건강생활》을 외우는 대신 체조를 하면 어떨까요?

시대와 사람은 변하는데 교육은 변하지 않으니 안타깝습니다.
이제는 국어, 수학, 영어 식으로 나누는 대신
생각하는 법, 말하고 글 쓰는 법, 위기에 대처하는 법을
배우게 하고, 정보의 바다에서 지식을 구별해내는 법을
가르쳐야 하지 않을까요?

마지막 이사

봄이 오니 이사하는 집이 많습니다.
살던 집 가까이로 옮기는 사람들도 있고
아주 먼 곳으로 가는 사람들도 있습니다.

텃새와 철새가 다르듯, 사람들도 각기 다른 곳을 택해 살지만
첫 번째 이사는 누구에게나 같습니다.
엄마의 몸을 벗어나 세상으로 나오는 이사이니까요.

세상에 나오고 나면 이사의 연속입니다.
변화가 느린 사회에서는
한 집에서 백 년, 이백 년을 살기도 하지만
우리 사회처럼 삶의 속도가 빠른 곳에선
한 집에서 십 년 살기도 쉽지 않습니다.

이사는 이별이고 만남입니다.
살던 집과 헤어져 새 집을 만나고,
익숙한 풍경, 낯익은 공기, 친숙한 사람들과 헤어져
낯선 동네, 서먹한 관계 속으로 들어가는 것입니다.

이사로 인해 힘들 때는 마지막 이사를 생각해 보세요.
첫 이사처럼 마지막 이사도 누구에게나 똑같이 찾아옵니다.
이곳에서의 삶을 정리하고 저 세상으로 가는 날,
그날이 오면 다시는 이삿짐을 싸거나 풀지 않아도 되겠지요?

오층

오층 창문으로 보이는 세상은
반 지하 창문 밖의 세상과는 다릅니다.
반 지하 창문으로는 나무의 발등이 보이지만
오층 창문으로는 나무의 어깨나 정수리가 보입니다.

일층에서는 보이지 않는 골목길 사정도 오층에서는 보입니다.
이쪽 골목과 저쪽 골목에서 자동차들이
골목 밖의 사정을 알지 못한 채 바삐 달려 나오다가
쾅, 부딪칠 때도 있습니다.

오층에선 대개 아래층에서 보이지 않는 것들이 보이지만
오층도 오층 나름입니다.
어떤 오층은 홀로 우뚝 자유롭지만
어떤 오층은 더 높은 건물들 사이에서 주눅 듭니다.

보이는 풍경에 따라 사람의 마음이 달라진다고 하지만
삶의 본질은 풍경 너머에 있습니다.
보이는 차이로 인해 보이지 않는 본질과 공동 운명을
잊지 않았으면 좋겠습니다.

날개

친구는 멀리 있는 병원에 입원하고
제주엔 유채꽃이 활짝 피었습니다.
날개가 있다면 바로 날아갈텐데 안타깝습니다.

가끔 양쪽 겨드랑이가 간질간질하면
'날개가 돋나?' 기대하지만
날개는 돋지 않습니다.

날고 싶은데 날지 못할 때 예술이 태어납니다.
그리운 사람에게 바로 날아갈 수 없으니
편지를 쓰고 음악을 만들며, 그리움과 꿈을 그려냅니다.
사람에게 날개가 있었다면
지금처럼 예술을 꽃피울 수 없었을 겁니다.

그래도 가끔은 날개를 갖고 싶습니다.
봄이 오는 길목에서 문득,
요절한 천재 이상처럼 외치고 싶습니다.
"날자. 날자. 날자. 한 번만 더 날아보자꾸나."

목화는 무죄

아름다운 면 수건을 선물 받았습니다.
목화솜으로 짠 면은 부드럽지만
목화의 역사엔 굴곡이 많습니다.

19세기 중반, 미국이 목화를 대량생산해 수출하면서
노예의 수가 폭발적으로 늘었고, 노예제도와 경제력을 둘러싼
갈등이 심화되어 남북전쟁의 요인 중 하나가 되었다고 합니다.

요즘은 우즈베키스탄과 투르크메니스탄 정부가
목화 수확에 국민을 강제로 동원해 비난을 받고 있는데요.
강제노동 종식을 위한 단체연합 면화캠페인*은
세계은행과 국제노동기구 등에 우즈베키스탄 국민의
강제노동을 끝내게 해달라고 요청했고,
유명한 다국적 의류회사는 투르크메니스탄에서 나오는 목화는
사용하지 않겠다고 발표했습니다.

아름답고 쓰임새 많은 목화가 사람의 욕심 때문에
부정한 사건의 주인공이 되니 미안합니다.
조금 키워 조금 쓰며 자연스럽게 살 수는 없을까요?
대량소비를 위해 대량생산하는 지금의 방식이
정말 옳은 걸까요?

* 면화캠페인(Cotton Campaign): 우즈베키스탄 강제노동 종식을 위해 2007년에
  결성된 인권, 노동, 사업단체들의 연합.

물처럼 호수처럼

3월 22일은 '세계 물의 날',
1993년 유엔 총회에서 지정한 날입니다.

물은 우리 몸의 70퍼센트 이상을 차지하는데,
2퍼센트가 부족하면 갈증이 나고,
20퍼센트가 부족하면 혼수상태에 빠진다고 합니다.

이렇게 중요하고 고마운 물이 무서울 때도 있습니다.
고등학생 시절 동네가 물에 잠겼을 때,
남동생의 손을 잡고 무릎까지 차는 흙탕물을 빠져나가
부근에서 제일 높은 6층 건물로 피난을 갔습니다.
그때 6층 창문 너머로 물에 잠겨 지붕만 나온 저희 집을 보며
물의 무서움, 자연의 무서움을 처음 느꼈습니다.

나이가 들어가면서 물이 무섭다는 생각보다
물 같은 사람이 되고 싶다는 생각을 자주 합니다.
천천히 흐르든, 빠르게 내닫든, 얼음일 때든 수증기일 때든,
어떤 상황에서도 본질을 바꾸지 않는 물.

요즘 우리 주변엔 화내는 사람이 많습니다.
쉽게 화를 낸다는 건 그만큼 불행하다는 뜻이겠지요.
누군가 화를 낼 땐 저 사람 속에 내가 모르는 불행이 있으리라
생각하며 큰 호수처럼 침묵하면 어떨까요?
불덩이를 던져도 불이 붙지 않는 호수,
마음에 불난 사람들이 찾아와 화를 식힐 수 있는 호수,
우리 모두 호수가 되었으면 좋겠습니다.

봄비를 기다리며

3월 23일

언제부턴가 봄은 먼지와 싸우는 계절이 되었습니다.
'외출하지 말라'는 거듭되는 경고에도 불구하고
먼지 속에서 움직여야 할 때가 있습니다.

그럴 땐 '나쁜 먼지 때문에 건강이 나빠지겠구나!' 하고
염려하는 대신, 탁한 공기 속에서도 아름답게 피어나는 꽃들과
우리의 미래를 생각해보면 어떨까요?

사람이든 꽃이든 살아 있는 것은 모두
언젠가는 죽어 먼지가 됩니다.
그러니 먼지는 언젠가 찾아올 우리의 미래입니다.

봄마다 먼지가 기승을 부리는 건
먼지가 될 미래를 잊고 영원히 살 것처럼 돈과 명예만 좇는
사람들을 깨우치기 위해서인지 모릅니다.

기승을 부리는 먼지를 잠재우는 건
소리 없이 내리는 봄비입니다.
육체가 죽어 먼지가 되는 건 막을 수 없지만
영원히 사는 방법은 꼭 하나, 봄비처럼 사랑하는 겁니다.
목마른 대지에 물을 주고 떠도는 먼지를 붙들어 앉혀
생명을 키우는 봄비.

봄비를 기다립니다.

노트를 사며

학교 앞 노점에서 공책을 팝니다.
스마트폰과 노트북의 시대이지만
여전히 노트를 사는 사람들이 있습니다.

노트나 공책이나 같은 말인데
공책은 공부할 때 써야 할 것 같고
노트엔 글을 써야 할 것 같습니다.
새 노트 한 권을 사들고 들어가 헌 노트를 펼쳐봅니다.

"새벽 다섯 시가 새벽 세 시보다 어둡다는 걸 안다면
그는 깨어 있어 본 사람이다.
때때로 시간도 우리처럼 길을 잃는다는 걸
그래서 가끔 세상이 뒷걸음질 친다는 걸
아는 사람이다.
그 모든 것 알아서 외로운 사람이다."

12월 어느 새벽에 쓴 메모를 보니
노트를 사는 이유, 글을 쓰는 이유, 모두 알 것 같습니다.
그건 나를 만나기 위해서,
내가 어디에 서 있는지 잊지 않기 위해서이겠지요.

청년 동전

구불구불, 울퉁불퉁한 성묫길
멀미가 심해 여간 힘든 게 아닙니다.

성묘를 마치고 돌아오는 길,
동생이 멀미를 막아줄 거라며
십 원짜리 동전을 쥐어줍니다.

동전을 꼭 쥐고 앉아 돌아오는 길,
정말 가던 길보다 훨씬 수월합니다.

새삼 동전을 들여다봅니다.
1990년에 나왔으니 스물일곱 살 '청년 동전'.
동생을 거쳐 제게 올 때까지
'십 원짜리 동전은 쓸모없다'는 말을 한참 들었겠지요?

우리 청년들도 이 동전처럼
자신의 가치를 아는 사람을 찾아 떠돌 것 같습니다.
제 동생이 동전의 능력을 믿었듯이
청년들을 믿고 일을 맡겨보시지요.
'청년 동전'처럼 의외의 능력을 보여줄지도 모르니까요.

이마는 문

젊은이의 이마는 아름답지만
나이 들면 이마의 빛깔이 어두워지고
굵고 가는 주름들이 자리를 잡습니다.

속살에 새겨지는 나무의 나이와 달리
사람의 나이는 이마에 드러나는 것이지요.

그런데 요즘 우리나라 청년들 사이에선
아름다운 이마를 가리는 게 유행이라니
왜 그럴까요?

이마가 넓으면 마음이 넓다는데
이마가 아예 보이지 않으니, 마음을 닫아버린 걸까요?
세상을 마주보기 싫거나 두려워 머리칼 뒤에 숨으려는 걸까요?

이마는 빛이 들어오는 문.
머리카락이 이마 위까지만 자라는 건
이마를 훤히 드러내라는 자연의 섭리이겠지요.

봄 햇살에 빛나는 아름다운 이마를 보고 싶습니다.

군자란 어르신

봄이 오니 꽃동네도 사람 동네처럼 소란합니다.
영산홍과 베고니아는 이미 꽃을 달았고,
재스민과 라일락 가지엔
손톱만 한 초록 잎들이 총총합니다.

수선화는 옛날 여고생처럼 단정하고
개나리는 유치원 꼬마들처럼 반짝이지만
군자란처럼 품위 있는 꽃은 없을 겁니다.

'군자란'이란 이름을 붙인 이는 누구일까요?
아프리카 남부가 원산지라니
그곳에서도 이 꽃을 '군자'라 부르는지 궁금합니다.

길이가 3,40센티미터나 되는 푸른 잎들은
침묵을 머금은 입술처럼 두툼하고
그 잎들만으로도 사계절 내내 아름다운데,
봄이 오면 꽃봉오리까지 내달아 봄 대접을 해주니
군자란은 아이와 놀아주는 어르신 같습니다.

꽃대마다 빛나는 노을빛 초롱 덕에
한밤중에도 그가 있는 곳은 어둡지 않으니,
군자는 바로 저렇게 소리 없이 제 할 일을 하여
세상 한 쪽을 밝히는 존재이겠지요.
군자란 같은 사람이 되고 싶습니다.

개나리의 노랑은
겨울을 이겨낸 나무가 부르는 승리의 노래지만
가슴에 앉은 나비는
돌아오지 않는 사랑을 기다리는 한숨입니다.

진도 앞바다 세월호의 젊은이들,
그들의 영혼도 나비가 되어 기다리는 사람들 곁으로 날아올까요?
나비가 되어도 좋고 꽃이 되어도 좋으니
우리 가슴마다 지워지지 않는 화석으로 남아주길 바랍니다.

4월.

얼굴은 성적표

선거가 다가오니 어딜 가나 얼굴입니다.
텔레비전과 신문은 물론이고 길에서도
무수한 정치인들의 얼굴을 만나는데,
맑고 아름다운 얼굴보다
탁해 보이는 얼굴, 비굴해 보이는 얼굴이 흔합니다.

학창시절 성적표는 학교에 가야 볼 수 있지만
인생의 성적표는 얼굴이라는 생각이 듭니다.

며칠 전 인터넷에서 반가운 얼굴을 보았습니다.
세계적인 사회운동가 글로리아 스타이넘,
여든이 넘었지만 여전히 멋졌습니다.

정의를 좇으며 유머를 잃지 않고 살면
주름이 많아도 멋지고 아름다울 수 있다는 걸
보여주었습니다.

주름이 늘 때마다 스타이넘을 생각하겠습니다.
그이처럼 맑고 아름답게 늙어가며
노화가 노추가 아님을 보이고 싶습니다.

나무를 심자

오늘은 식목일입니다.
'심을 식植'에 '나무 목木'이니 '나무를 심는' 날입니다.

한자를 많이 아는 분들은 '목'은 '죽은 나무'를 뜻하니
'산 나무'를 뜻하는 '수樹'를 써서
'식수일'이라고 해야 한다고도 합니다.
'목'이든 '수'든, 저는 나무를 매우 좋아하는데
그래서 그런지 추억 속 풍경마다 나무가 있습니다.

지금은 고인이 되신 아버지가 한창때,
뒷마당 나무에 사다리를 기대 놓고
송충이를 잡으시던 일이 생각납니다.
연애 시절, 나무를 짚고 서 있던 그 사람의 모습이 좋아
지금껏 그와 한 방을 쓰고 있습니다.

불혹 넘어 들어간 직장이 맞지 않아
그만두고 싶던 때도 숲으로 갔습니다.
나무 그늘에 한참 앉아 있다 보면
어떤 나뭇잎은 바위에 떨어지고
어떤 잎은 제 어깨 위에 떨어졌습니다.
나무와 바위와 제가 한 식구가 되는 순간,
그 순간의 기쁨과 평화가 저를 지켜주었습니다.

사람이 할 수 있는 일 중 으뜸은 나무를 심는 일이 아닐까요?

봄은 추억

'추억'은 가을에 어울리는 단어라고 생각했는데
봄 길도 추억을 불러일으킵니다.

활짝 핀 개나리를 보면
어려서 듣던 어른들 노래 '개나리 처녀'가 떠오르고
목련 아래를 걷다 보면 그 꽃처럼 단아하게 어여쁘던
저 세상 친구가 떠오릅니다.

라일락을 보면 라일락을 좋아하시던 아버지가 생각나고
봄꽃나무에서 지저귀는 새들의 소리를 듣다 보면
'봄의 교향악…'을 흥얼거리시는
어머니의 목소리가 들리는 듯합니다.

봄비를 만나면 함께 빗물에 젖던 애인이 생각나고
봄 햇살 고인 골목을 서성이다 보면
익숙한 골목마저 낯설게 느껴지던
사춘기 시절과 만나게 됩니다.

봄 길에 사람이 많은 건 꽃도 꽃이지만 추억 때문이겠지요.
추억이 불러서 나온 사람들과
추억을 만들러 나온 사람들…
봄이 추억인 것을 이제야 알겠습니다.

히야신스 별

부모님을 뵙고 오는 길
꽃집 앞에서 발이 멈춥니다.
수선화, 철쭉, 팬지…
색색으로 핀 꽃들이 유치원 아이들처럼 어여쁩니다.

빨갛고 노란 꽃들 사이에 구근 하나가 조용합니다.
영락없는 양파 모양에 초록 잎만 일곱 장,
히야신스입니다. 언젠가 꽃이 피겠지만
어떤 빛깔 꽃이 필지 미리 알 수는 없습니다.

히야신스 화분을 사들고 걸음을 재촉합니다.
꽃이 죽는 게 두려워 화분 꽃을 사지 않던 때가 있지만
이제는 알 것 같습니다.
두려운 건 죽음이 아니라 꽃을 피우지 못하는 것임을.

마침내 히야신스가 피었습니다.
하얀 별들이 송글송글 반짝입니다.
히야신스를 안고 부모님을 뵈러 가야겠습니다.

한때는 누군가의 별이었을 부모님,
우리를 별로 키우느라 당신들이 별임을 잊으신 부모님께
하얗게 빛나는 히야신스 별을 선물하고 싶습니다.

당신들도 별임을 기억하시라고!

비누는 바쁘다

예쁘고 향 좋은 비누는 오래 두고 보았는데
이젠 황사와 미세먼지 때문에 그럴 여유가 없습니다.
하루에도 몇 번씩 더러워진 손을 씻다보면
비누는 아이 많은 집의 엄마처럼 야위어갑니다.

고대 바빌로니아에서 처음 만들어졌다는 말도 있고
고대 그리스에서 처음 발견됐다는 얘기도 있지만
비누가 지금처럼 바빴던 때는 없을 겁니다.
자꾸 날아오르는 모래와 먼지 때문에
밤낮으로 혹사당하고 있으니까요.

오염된 공기 속에서도 쉬지 않고
높이 더 높이 오르고 싶어 하는 사람들.
모래와 먼지도 사람들의 욕심을 닮아 들썩이는 것 아닐까요?

손을 씻으면 마음까지 깨끗해지는
그런 비누가 있으면 좋겠습니다.
그러면 모래는 사막에서, 먼지는 땅에서 잔잔하고
우리도 비누 향내 맡으며 느긋할 수 있을 테니까요.

비누여, 역사상 가장 많은 인류를 구한 물건이여,
다시 한 번 우리를 구해주소서!

김밥은 무지개

야채김밥, 치즈김밥, 오징어김밥, 멸치김밥…
김밥의 종류는 날로 다양해지지만
제일 맛있는 건 엄마의 김밥이지요.
사 먹는 김밥은 먹을 때만 즐겁지만
엄마의 김밥은 재료를 준비할 때부터
가슴을 설레게 합니다.

엄마는 시금치를 무치고 아빠는 단무지를 썹니다.
달걀부침은 엄마가 하지만
귀퉁이를 떼어 먹는 건 아이들 몫입니다.
당근 볶는 냄새가 온 집안에 가득합니다.

꼴깍꼴깍, 침 넘어가는 소리를 내는 건 누구일까요?
하얀 밥에 놓인 색색의 재료가 엄마 품의 아기들 같습니다.
"와, 김밥이 무지개네!" 아이가 눈을 반짝입니다.

김밥이 봉긋 쌓인 접시를 아빠와 아이들이 둘러쌉니다.
"엄마, 어서 오세요!" "여보, 함께 먹읍시다!"
가족들이 소리쳐도 엄마는 김밥 싸기에 여념이 없는데
어느새 다가온 아이가 엄마 입에 김밥을 넣어줍니다.
"엄마, 맛있지? 무지개 맛이지?"
"그러게, 정말 무지개 맛이네!"
엄마의 김밥은 무지개입니다.
무지개를 먹는 가족은 행복합니다.

봄을 그리라고?

초등학교 일학년 어느 날
선생님이 '봄'을 그려오라고 하셨습니다.
저는 우리 집 마당 한쪽 꽃밭 가장자리를 둘러싸고 있던
우단 같은 이끼가 봄이라고 생각했습니다.
그 이끼를 그려 학교에 가지고 갔습니다.

아이들은 대부분 꽃과 나무를 그려왔습니다.
제 그림을 보고 "이게 뭐야?" 하는 아이도 있고
말없이 쿡쿡 웃는 아이도 있었습니다.
아무 말도 하지 않았지만 마음이 아팠습니다.

다음날 학교에 가니 아이들이 그린 '봄' 그림이
교실 뒷벽에 붙어 있는데, 한가운데에 제 그림이 있었습니다.
그림 밑에 선생님이 손수 써 붙인 쪽지가 보였습니다.
'정말 봄 냄새가 나는 것 같아요.'

오십 년이 넘는 시간이 흘렀지만,
지금도 그 사랑과 격려를 기억합니다. 김정례 선생님.

요즘도 초등학교에 그런 선생님이 계실까요?
꼭 계셨으면 좋겠습니다.
그런 분이 많으면 외로운 아이가 줄어들 거고
그 아이가 노인이 되어도
마음속엔 늘 그 해 그 봄이 생생할 테니까요.

가슴에 앉은 나비

4월 16일

봄은 개나리 꽃잎에서 깨어나 노랑나비 날개에서 반짝이지만
올 봄 나비는 날 새도 없이 사람들의 가슴에 앉았습니다.

개나리의 노랑은
겨울을 이겨낸 나무가 부르는 승리의 노래지만
가슴에 앉은 나비는
돌아오지 않는 사랑을 기다리는 한숨입니다.

어린 시절 나비를 쫓는 아이들을 만류하시던
할머니의 말씀이 떠오릅니다.
"나비는 어려서 죽은 사람의 영혼이니 괴롭히면 안 된다."

알로 태어나 번데기를 거쳐 성충이 된 나비는
길어야 일 년을 살지만
나비의 화석 중엔 4억 5천만 년 된 것도 있다고 합니다.

진도 앞바다 세월호의 젊은이들,
그들의 영혼도 나비가 되어 기다리는 사람들 곁으로 날아올까요?
나비가 되어도 좋고 꽃이 되어도 좋으니
우리 가슴마다 지워지지 않는 화석으로 남아주길 바랍니다.

비겁한 어른들이 평생 부끄러움 속에 살아가며,
때론 살아 있는 것이 죽은 것만 못하다는 걸 깨달을 수 있게,
다시는 그런 일이 일어나지 않게
살아남은 자들을 일깨워주길 빕니다.

봄 부음

라일락 향기 속으로 날아든 부음,
일흔을 앞두고 반고아가 된 친구의 얼굴이 떠오릅니다.
아버지는 대개 큰 나무이고 큰 바위이니
아버지를 잃은 상실감은 무엇으로도 채워지지 않을 겁니다.

당당한 사람은 당당하게 사느라 힘들고
비굴한 사람은 비굴하게 사느라 힘겨운 게 인생이라니,
아버님의 힘들었던 생애와 어렵게 얻은 자유를 생각하며
친구가 스스로를 위로했으면 좋겠습니다.

부음은 이 세상에서 보내는 마지막 편지입니다.
제 마지막 편지를 받는 사람들은 무어라고 할까요?
그 사람이 이제야 갔느냐고, 참 잘 됐다고 할까요?
꼭 필요한 사람인데 벌써 떠났느냐고, 안타깝다고 할까요?

사람들이 뭐라고 하든
저는 낡은 옷을 버리고 새 옷을 입은 기분으로
떠나고 싶습니다.
그동안 고마웠다고, 내내 행복하라고 축원하며,
라일락 향기처럼 가볍게 떠나고 싶습니다.

지하철과 노인

목소리 큰 노인 몇이 지하철 소음을 가중시킵니다.
몇 안 되는 젊은 승객들이
등산복 차림 노인들을 흘깃거립니다.
'나이 들수록 입은 닫고 지갑은 열어야 한다'던
친구들의 애기가 떠오릅니다.
친구들도 모두 예순이 넘었습니다.

누적되는 적자 때문에 지하철 요금이 오를 거라 합니다.
젊은 사람들은 시간당 만 원도 안 되는
아르바이트를 하면서도 지하철 요금을 내고 다니지만
노인은 노인이라는 이유로 무임승차를 한다고
불평하는 젊은이들도 있습니다.

지하철공사는 경영합리화로 적자를 줄여야 하지만
노인들도 앞장서서 적자 줄일 방법을 찾아보면 어떨까요?
65세 이상 노인의 무임승차는 평균 수명이 지금보다 훨씬 짧던
1980년대에 정한 것이니, 무임승차 연령을 조금 올리거나
소득 수준에 따라 무임승차 혜택을 조정하면 어떨까요?

노인들이 먼저 무임승차 제도를 개선하자고 하면
'어르신들은 역시 어르신!'이라는 말이 나오고
노인과 젊은이의 사이도 나아지지 않을까요?

흙 빛깔

봄이 되니 공사하는 곳이 많습니다.
파헤쳐진 길 양편에 쌓인 흙이
작은 무덤들 같습니다.

칙칙한 흙 빛깔을 보니
어린 시절에 보았던 붉은 황토와 함께
그때 읽은 소설 《흙》이 생각납니다.
소설의 주인공 허숭은 변호사지만
서울에서 돈을 버는 대신 농촌 계몽운동을 벌입니다.

그때만 해도 변호사는 돈이나 권력 대신
정의를 추구하는 직업이라고 생각하는 사람이 많았는데,
이제 흙 빛깔은 어두워지고
정의롭지 않은 변호사도 많아진 것 같습니다.

왜 이렇게 변하는가 탄식하는 사람들이 있지만,
모든 것이 변한다는 사실이야말로 희망의 근거가 아닐까요?

무덤에서 꽃이 피듯 모든 것이 변하다 보면
언젠가는 저 어두운 흙이 다시 붉게 살아나고
정의로운 변호사도 많아지지 않을까요?

지구는 어머니

지구에서 수십 년째 살고 있지만 아는 게 없습니다.
오늘이 '지구의 날'이라니 지구에 대해 찾아봅니다.
나이는 약 45억 년, 태양에서 세 번째로 가까운 행성,
적어도 17억 년쯤 더 인류의 집이 되어줄 아름다운 파란 별.

지금 지구의 인구는 76억 명,
2050년에는 92억 명이 될 거라고 합니다.
인구가 늘면 지구의 무게도 무거워질까요? 아닙니다.
엄청난 양의 수소와 헬륨이 해마다 사라져
지구는 매년 약 5만 톤씩 가벼워진다고 합니다.

지구인 대부분은 지구를 괴롭힙니다.
온갖 화학물질로 대기와 물과 땅을 오염시키고
발전이라는 이름으로 지구의 가슴을 파헤치며
편리를 핑계로 핵발전소를 짓습니다.

그리고 보니 지구는 어머니를 닮았습니다.
아이들이 아무리 못되게 굴어도 감싸주며
가진 것 모두 주고 나이 들수록 가벼워지는 어머니…
그래서 지구를 '어머니 지구'라 부르나 봅니다.

'어버이날' 하루 어머니 은혜를 생각하는 불효자들처럼
'지구의 날' 하루만이라도
지구의 사랑을 생각해 보면 어떨까요?

꽃비

먼지를 다독이는 봄비는 다양합니다.
안개비, 는개, 이슬비, 가랑비… 모두 반갑지만
봄비 중에서도 으뜸은 꽃비일 겁니다.

봄바람 부는 꽃길을 걷다 보면
꽃비가 선물처럼 쏟아집니다.
어떤 꽃잎은 빗방울처럼 후드득 떨어지고
어떤 꽃잎은 하늘하늘 어디론가 날아갑니다.

목련 꽃잎은 나무 아래 떨어져 흙빛으로 바래지만
벚꽃 꽃잎은 그 빛깔 그대로 저만치 날아가서
점점이 길의 무늬가 됩니다.

목련처럼 지지 않고 벚꽃처럼 지려면
어떻게 해야 할까요?
벚꽃 잎처럼 가벼워져야 할까요?

광활한 우주 안 우리의 존재가
벚꽃 잎 한 낱보다 작다는 걸 기억하면
그렇게 가벼워질 수 있을까요?

우리 동네 가게

생맥주 집은 떡볶이 집이 되고
고기구이 집은 카페가 되었습니다.
개업 축하 화환 앞을 지나며 가게 안을 들여다봅니다.
손님이 있으면 기쁘고 비어 있으면 걱정이 됩니다.

트럭 부부가 생각납니다.
저녁때면 문 닫은 남의 가게 앞에 트럭을 세우고
사과부터 주꾸미까지 골고루 팔았는데
늘 웃는 얼굴에 덤도 후했습니다.

그러다 그 가게를 빌려 장사를 시작하기에
부디 잘 되라고 축원했는데,
월세를 내며 장사하는 게 힘에 부치는지
웃음도 덤도 사라지더니 어느 날 아예 문을 닫았습니다.

2003년부터 2012년까지 10년간
폐업한 자영업소 수가 794만 개에 이른다니,
일 년에 거의 80만 개의 가게가 문을 닫은 것이지요.

오늘은 동네 떡볶이 집에서 점심을 먹고
동네 카페에서 커피를 마시면 어떨까요?
이웃이 행복해야 우리도 행복하니까요.

딸기잼 만드는 날

봄꽃이 피기 전 도시에선 딸기가 꽃 노릇을 합니다.
붉은 살에 박힌 노랗고 푸른 씨는
별 같기도 하고 깨 같기도 합니다.

겨울에 비닐하우스에서 나오는 딸기는
알이 크고 윤기도 흐르지만,
값이 값인지라 사먹을 엄두가 나지 않고
4월이 되어야 딸기를 맛볼 수 있습니다.

딸기는 어떤 과일보다 명이 짧으니
딸기 맛을 오래 즐기려면 잼으로 만들어야 하는데요,
제일 먼저 할 일은 저녁나절 시장에 가서
팔다 남은 딸기를 떨이해 오는 것입니다.

딸기잼은 온 가족이 함께 만들어야 맛있습니다.
딸기와 설탕을 사오는 사람, 딸기를 씻어 꼭지를 따는 사람,
씻어둔 딸기를 오며가며 먹는 사람…
딸기잼 만들기에서 빠진 사람은 아무도 없고
잼이 되어 가는 동안 집 안엔 향내가 가득 찹니다.

4월과 함께 딸기도 사라집니다.
4월이 가기 전에 딸기잼을 만들면 어떨까요.
딸기만큼 어여쁜 가족의 얼굴,
별 같고 꽃 같은 그 얼굴들과
먼 훗날에도 여전히 향기로울 추억 하나 만들어 보시지요.

골목길에 피었던 철쭉꽃이 다 지고 잎만 푸른데
저 아래 그늘 속에 하얀 꽃 한 송이가 보입니다.

사람도 어려서부터 두각을 드러내는 사람이 있는가 하면
중년에 이르러 일가를 이루는 사람이 있고
꽃도 다른 꽃들 필 때 어울려 피는 꽃이 있는가 하면
홀로 천천히 피는 꽃이 있습니다.

거리를 걷다가 '늦게 핀 꽃'을 만나시거든
'애썼다, 대견하다' 격려해주십시오.

5월

파우스트

무인도에 홀로 한 권의 책만 가지고 가야 한다면
어떤 책을 가져가겠느냐고 묻는 사람들이 있습니다.

혼자 있을 때 만날 가장 큰 적은 외로움과 두려움일 테니,
그것을 잊게 하는 책을 가져가야겠지요.
한참 고민하다 괴테의 《파우스트》를 선택합니다.
괴테 같은 천재가 평생에 걸쳐 쓴 작품이니
저 같은 사람은 평생 읽어도 이해하기 힘들 거고
외로움을 쫓는 데 그만일 겁니다.

《파우스트》 속 악마 메피스토펠레스가 말합니다.

"네가 인간이 가진 최고의 힘이라 할 수 있는 과학과 이성을
경멸한다면, 사기와 협잡으로 부정직을 교사한다면,
그러면 나는 너를 결코 놓아주지 않으리라.
운명이 네 영혼으로 하여금 천방지축
앞으로만 내닫게 하리라.
너무 서두르며 맹렬하게 달리다가
지상의 쾌락에 곤두박질치게 하리라…."

'악마도 스승'이 될 수 있다는 걸 알려준 《파우스트》.
무인도에 갈 일은 없겠지만 세상이 무인도처럼 느껴질 때는
《파우스트》를 읽습니다.

성난 운전대

여행의 계절이라는 5월, 길마다 붐빕니다.
자동차가 없던 시절엔 며칠씩 걸려야 갈 수 있던 거리를
차를 타고 몇 시간 만에 갈 수 있지만
속도가 빠른 만큼 위험도 늘었습니다.

세상엔 무모한 일이 많지만
그 중에도 무모한 건 운전하며 성내거나
운전하는 사람을 성나게 하는 것입니다.

성난 사람의 운전대는 무기와 같아 운전자 자신을 해치고
동승한 사람에게 회복될 수 없는 상처를 입히고,
우연히 한 길을 달리는 타인에게 피해를 줍니다.

살아가는 것 또한 여행입니다.
나는 내 인생을 운전하는 사람이지요.
가끔은 평탄하고 가끔은 울퉁불퉁한 길,
가끔은 전속력으로 달려야 하고 가끔은 쉬었다 가야 합니다.

차를 운전할 때나 인생을 운전할 때나
화내지 않는 게 중요하겠지요.
화를 내어 불행을 초래하지만 않으면
많은 것을 보고 들으며 즐겁게 목적지에 닿을 수 있으니까요.

어린이 어른이

어린 시절 저는 저희 집이 부자인 줄 알았습니다.
저희 집엔 많은데 친구들 집에는 없는 게 있었거든요.

첫째는 책이었습니다.
대청 한가운데에 아버지의 책상이 있었습니다.
책상에 앉아 책 읽는 아버지의 모습이 멋져
저도 늘 책을 읽었습니다.

둘째는 음악이었습니다.
아버지는 축음기에 엘피판을 걸어
'낮에 나온 반달'을 틀어 주었습니다.
때로는 음악에 맞춰 아버지와 춤도 추었습니다.

아버지는 가난 때문에 초등학교 2학년을 중퇴했지만
책과 음악으로 스스로를 키웠습니다.
그 덕에 저희 오형제에겐 책과 음악에 얽힌 추억이 많습니다.

부모가 아이에게 해줄 수 있는 가장 좋은 일은
추억을 만들어 주는 것입니다.
책과 음악으로 자신을 키우고
아이들에게 추억을 만들어 주는 부모님이 늘면
지금보다 행복한 아이들이 많아질 겁니다.
행복한 아이들이 늘면 행복한 어른들도 많아지겠지요.
아이가 자라 어른이 되니까요.

나이 먹은 이

이가 아픕니다.
특정한 이 하나가 아픈 게 아니라
모든 이가 다 뻐근해 아무것도 먹고 싶지 않습니다.

딱딱하거나 질긴 음식을 먹은 것도 아닌데
왜 아픈지 알 수가 없습니다.
입을 아 벌리고 찬찬히 들여다봅니다.

큰 사랑니에 밀린 이들은 삐뚤빼뚤한 데다
빛깔도 광택도 옛날 같지 않습니다.
이도 피부처럼 나이를 먹은 겁니다.

슬픔을 참느라, 의지를 다지느라 이를 악문 적도 있고,
칼이나 가위 대신 이를 사용한 적도 있지만
이를 생각해 감정이나 음식을 절제한 적은 없습니다.
아무 생각 없이 수십 년 동안 매일 혹사한 이,
지쳐 뻐근한 게 당연합니다.

이에게 미안해하다 보니 아픈 곳 많은 어머니가 생각납니다.
이처럼 소리 없이 자식을 위해 심신을 혹사하신 어머니,
어머니와 한 상에 앉아 부드러운 음식을 나누고 싶습니다.
어머니와 이, 함께 위로하고 싶으니까요.

일기예보가 틀릴 때

5월 10일

일기예보가 갈수록 정확해집니다.
하루 예보는 물론 주간 예보도 대체로 맞습니다.
일기예보가 정확할수록 당황할 일이 줄어들지만
날씨가 만들어주는 추억도 함께 줄어듭니다.

사랑하는 사람과 산길을 걷다가
갑자기 내리는 비를 피하는 일도 드물고,
속으로만 좋아하던 사람과 모래밭을 거닐다가
소나기 덕에 가까워지는 일도 사라져갑니다.

하늘이 맑아도 비 온다는 예보가 있으면
누구나 우산을 가지고 나가니
여우비 맞는 애인에게
겉옷 벗어주는 남자도 찾아보기 어렵습니다.

앞일을 알면 놀랄 일이 줄어들지만
예상 못한 상황이 끌어내는 창의력도 줄어듭니다.
오늘날 여러 예술 분야에 복고 바람이 부는 건
정확한 일기예보로 상징되는 기술의 발전이
창의력을 앗아갔기 때문일지 모릅니다.

가끔 일기예보가 틀려도 불평하지 마세요.
그때가 바로 창의력을 발휘하며 추억을 만들 시간이니까요.

스승의 달

5월엔 '어버이날', '스승의 날', '석가탄신일'이 있습니다.
태어나 처음 만나는 선생이 어버이이고,
석가여래는 인류의 스승이니
오월을 '스승의 달'이라 불러도 되겠지요.

부모, 교사, 학원 강사, '먼저 태어난 사람'은 다
선생先生이지만, 선생이 모두 '스승'은 아닙니다.
'선생'은 가르치지만 '스승'은 '가르칠 뿐만 아니라
이끌어 주는 사람'이니, 선생은 많아도 스승은 드뭅니다.

언제부턴가 아이 낳아 키우는 일을 '돈'으로 환산합니다.
한 아이 키우는 데 2억 원이 든다, 3억 원이 든다,
겁을 줍니다.
아이를 잘 키우는 조건이 '돈'이라면
재벌의 자녀들이 제일 훌륭하겠지요.

석가여래조차 한때는 부모의 아이였습니다.
우리 아이들 중에도 인류의 스승이 있을지 모릅니다.
'가르칠 뿐만 아니라 이끌어주는' 부모,
그들에게서 '인류의 스승'이 태어납니다.

5월은 '스승의 달',
우리는 어떤 부모일까요?
선생일까요, 스승일까요?

옥상 풍경

5월 16일

높은 건물 옥상에서 낮은 건물 옥상을 내려다봅니다.
어떤 옥상에선 꽃과 나무가 자라고
어떤 옥상엔 옥탑방이 있습니다.

옥상은 더울 땐 더 덥고 추울 땐 더 추워
사람이 살기에 적합하지 않다지만,
적당한 주거를 구하지 못한 젊은이가
청년인구의 20퍼센트를 넘고,
그들이 갈 수 있는 곳은 옥탑방과 고시원뿐이니
옥상에 방을 만드는 집이 늘어납니다.
말 그대로 '지붕 위에 지붕을 얹는' 옥상옥屋上屋이지요.

'옥상옥'은 또 '필요 없는 일을 이중으로 하거나
쓸데없이 덧보태는 것', 높은 자리 위에 더 높은 자리를 만들어
기득권을 유지하는 것을 뜻합니다.

사람들 사이의 '옥상옥'을 없애면
건물의 '옥상옥'도 줄일 수 있지 않을까요?

옥상은 꽃과 나무에게 내주고
사람들은 모두 옥상 아래 진짜 방에서 사는 날,
무엇을 어떻게 해야 그날이 올 수 있을까요?

역사를 생각한다

2000년 5월, 광주 망월동 국립5.18묘지에서 광주민주화운동
20주년 기념식이 열렸습니다. 김대중 대통령은 "이 땅에 살고
있는 사람들 중 광주에 빚지지 않은 사람은 없다"며,
살아남은 우리는 의무를 다해야 한다고 역설했습니다.

그는 또 지역 간, 계층 간 분열과 대립을 끝내고
남북한이 평화의 토대 위에서 서로 협력하고 번영하는
민족 대화합을 이루자고 호소했습니다.

그로부터 20여 일 후인 6월 15일,
최초로 남북 정상회담이 개최돼 새로운 시대를 기대했지만,
그 후 10여 년 동안 지역 간 분열과 계층 간 대립은
오히려 깊어지고, 남북의 시계는 거꾸로 돌아
앞날을 걱정하는 사람들이 많습니다.

그러나 한 번 쓰인 역사가 없었던 일이 되는 법은 없습니다.
역사를 쓴 사람들이 죽었다고 피로 쓴 역사가 사라지는 것도
아닙니다. 정권에 따라 해석이 달라지고 강조점이 달라질 수는
있지만, 역사를 지울 수는 없습니다.

오늘 아침, 아버지와 아들이, 엄마와 딸이
이 땅의 민주화를 위해 피 흘린 분들을 생각하며 묵념하고
역사가 무엇인지, 우리가 할 일은 무엇인지
함께 생각해 보았으면 좋겠습니다.

늙은 남편의 꽃

여러 날 냉전 끝에 남편이 아내에게 건네는 꽃은
고대 그리스의 올리브가지처럼
평화의 상징이자 사랑의 표현입니다.

신혼 남편이 아내에게 주는 꽃다발은
먹어도 좋고 안 먹어도 좋은 간식 같은 것이지만,
나이든 남편이 아내를 위해 준비하는 꽃은
훨씬 의미심장합니다.
부끄러움을 무릅써야만 할 수 있는 선물이니까요.

어떤 중년 남편이 부부 싸움 후에 꽃을 사들고 갔는데
그 꽃이 금세 시들어서, 힘들게 이루어진 화해가
도로 아미타불이 됐다는 얘길 들었습니다.

오늘은 '부부의 날'
꽃을 파는 분들에게 부탁합니다.
나이든 남자에게 꽃을 팔 때는
제일 싱싱하고 좋은 꽃으로 주십시오!

장미 교실

좁은 골목에 장미 향기가 가득합니다.
빨간 장미 노란 장미 덕에 낡고 기울어진 담이
행복한 노인 같습니다.

장미는 꽃과 향기도 아름답지만
그 기백이 더욱 갸륵한데요.
남의 손을 타지 않으려 가시를 내고
편안한 담장 안을 벗어나려고
죽어라 애씁니다.

크고 작은 집들 사이를 걷다 보면
이 생각 저 생각이 넝쿨장미처럼 이어집니다.
태어남과 꽃 피움, 자존심과 아름다움, 용기와 죽음까지⋯
골목은 생각을 자아내는 학교 밖 교실입니다.

그런데 이 귀한 공간이 요즘 자꾸 사라집니다.

오래된 동네를 재개발해 정비한다는 분들,
제발 마음의 눈을 뜨고 저 장미 좀 보아주세요.
장미 그늘 골목에 눈 감고 서서 저 그윽한 향내를 맡아보세요.
남녀노소 모두를 위한 '생각 교실'⋯ 부디 손대지 말아주세요!

태어남과 죽음

장미꽃이 만발한 거리에서 태어남과 죽음을 생각합니다.
노무현 전 대통령 서거일과 석가탄신일이 연달아 있습니다.

부처가 된 고타마 싯다르타는 기원전 5세기경 열반에 들었지만
불법을 따르는 세계인들에게는 여전히 살아 있는 스승입니다.

노무현 대통령은 2009년 5월 23일 이 세상을 떠났지만,
그리워하는 이들에게 그는 아직 '사람 사는 세상'의 청년입니다.

싯다르타가 마음을 따라 궁전을 떠날 때는
자신이 인류의 스승이 되리라는 걸 몰랐을 겁니다.

노무현 변호사가 인권변호사가 되기 위해
조세전문가의 길을 접었을 때는
자신이 죽어도 잊히지 않으리라는 걸 몰랐을 겁니다.

오늘 현재 세계 인구는 76억 명, 우리 각자는 76억 명 중
하나입니다. '성인聖人' 싯다르타나 '청년' 노무현에 비해
너무도 평범한 우리, 76억 분의 1인 우리는
무엇을 할 수 있을까요?

마음의 소리를 따라간 그분들을 흉내 내면
아주 잠깐이나마 세상 한쪽을 밝히는
장미꽃 한 송이는 될 수 있을까요? 꼭 그러고 싶습니다.

늦게 피는 꽃

골목길에 피었던 철쭉꽃이 다 지고 잎만 푸른데
저 아래 그늘 속에 하얀 꽃 한 송이가 보입니다.

베란다의 재스민 꽃이 보라로 피었다가
하얗게 지고 며칠이 지났는데
푸른 잎 뒤에서 보라 꽃 두 송이가 수줍게 얼굴을 내밉니다.

사람도 어려서부터 두각을 드러내는 사람이 있는가 하면
중년에 이르러 일가를 이루는 사람이 있고,
꽃도 다른 꽃들 필 때 어울려 피는 꽃이 있는가 하면
홀로 천천히 피는 꽃이 있습니다.

중요한 건 자신이 누구인지 무얼 해야 하는지 잊지 않고
해야 할 일을 하는 것이겠지요.

장미들이 빨갛게 웃는 골목 한쪽의 하얀 철쭉,
라일락 향기 사라진 베란다의 재스민 향이 특별히 반가운 건
제가 그들처럼 더딘 사람이어서인지 모릅니다.

주변에 저처럼 더딘 친구가 있거든
'늦게 피는 꽃'이구나 하고 기다려 주십시오.
거리를 걷다가 '늦게 핀 꽃'을 만나시거든
'애썼다, 대견하다' 격려해 주십시오.

다시 잡고 싶은 손

5월 26일

고흥에서 보내준 마늘종, 남해에서 온 두릅을 먹으니
마늘종과 두릅을 키워 보낸 손들이 생각납니다.
손 중의 으뜸은 농부의 손입니다.

살아오는 동안 수많은 사람을 만나 악수하며
한 가지 진리를 배웠습니다.
입은 거짓말을 하지만 손은 거짓말을 하지 않는다는 거지요.
어떤 사람의 손은 너무 작고 말라 애처로웠고,
어떤 사람의 손은 너무 차고 축축하여 놓아버리고 싶었습니다.

제가 기억하는 최고의 손은 노무현 전 대통령의 손입니다.
1990년대 말 제가 종로에 살 때,
국회의원 선거에 출마한 그분을 동네에서 우연히 만났습니다.
적당히 두툼하고 적당히 따스하고 적당히 힘 있는 손.
고작 몇 초간의 악수였지만,
정직하고 사랑이 많은 분이라고 느끼기에 충분했습니다.

노무현 대통령 돌아가시고 어느새 여러 해가 흘렀습니다.
나라는 더 시끄럽고 더 천박하고 더 살기 어려워졌지만
이렇게나마 유지되는 건 제 할 일을 하는 정직한 손들,
키우고 나누는 사랑의 손들 덕분이겠지요.
봉하마을 '농부'를 꿈꾸었던 노무현 대통령,
그 따스한 손, 다시 한 번 잡아 보고 싶은 오월입니다.

큰돈

어떤 사람이 93억 원이 예금된 통장을 공개했습니다.

그 사람은 TV 공개 오디션 참가자들 중 특정인을 좋아해서
그 참가자에게 투표하는 사람에게
명품 가방을 주겠다고 약속했는데,
자신이 그 약속을 지킬 수 있는 부자라는 걸
증명하기 위해 통장을 공개했다고 합니다.

93억 원은 9억 3천만 원이 열 번이니,
커다란 집을 열 채쯤 살 수 있는 큰돈입니다.

저도 은행에 가서 통장을 정리합니다.
93억은커녕 93만도 안 되는 숫자가 찍혀 나옵니다.
옆에서는 그걸 가지고 어떻게 살 거냐고 걱정하지만
저는 크게 걱정하지 않습니다.

돈은 돌고 도는 것이니 언젠가는 제 통장에도
긴 숫자가 찍힐 수 있는 데다,
돈처럼 돌지 않고 늘 제 곁에 머무는 사람들이 있으니까요.
혹시 언젠가 큰돈이 생기면 제일 먼저
사랑을 갚는 데 쓰고 싶습니다.

결혼의 효과

단골 카페의 직원이 신혼여행을 다녀왔습니다.
결혼 전이나 지금이나 웃는 얼굴입니다.
내년 이맘때에도 오 년 후, 십 년 후에도 여전하기를 바랍니다.

결혼은 생활을 바꿔 사람까지 바꿉니다.
전업 주부 노릇이 표 나지 않는 일과의 싸움이라면
맞벌이 주부의 나날은 시간과의 싸움이지요.
전업 주부는 거의 항상 집과 가족을 생각해야 하지만
맞벌이 주부는 출근하면 집을 잊어야 하고
집에 오면 회사를 잊어야 합니다.
전업 주부도 맞벌이 주부도 쉽지가 않습니다.

결혼의 이유는 다양하지만 결혼의 효과는 비슷합니다.
잘하면 원래의 자신보다 나은 사람이 되고
잘못하면 원래의 자신만도 못한 사람이 되는 거지요.
자신보다 '나은 반쪽'을 찾아야 하는 이유가 여기에 있습니다.
적어도 나와 똑같은 약점과 결점은 없는 사람이라야
나보다 '나은 반쪽'일 수 있겠지요.

오늘 식을 올리는 사람들이 자신보다 나은 반쪽을 만났기를,
결혼 덕에 나은 사람이 되기를 축원합니다.

친구와 하루를

오래된 친구와 하루를 보냈습니다.
사교도 모임도 좋아하지 않는 저를 친구로 대해주고
버스와 지하철을 갈아타며 제가 사는 동네에까지 찾아와주니
고맙고도 행복했습니다.

有朋自遠方來不亦樂乎也유붕자원방래불역락호야
'친구가 먼 데서 찾아오니 또한 즐겁지 아니한가.'
《논어》 첫 머리에 나오는 즐거움을 만끽한 것이지요.

처음 만났을 때나 삼십 년이 흐른 지금이나
한결같은 친구… 그와 함께 있으니
개발의 불도저가 닿지 않은 숲속에 있는 것처럼 안온했습니다.

중고옷집에서 서로에게 옷을 사주고
멸치김밥 한 줄씩 나눠 갖고 헤어졌습니다.
김밥을 먹으며 그가 얼마나 변함없이 '좋은 사람'인가,
그런 사람을 친구로 둔 저는 얼마나 운이 좋은가 생각했습니다.

그도 저를 좋은 사람이라고,
저를 만난 걸 행운이라고 생각할까요?
'짝사랑'이란 말은 있어도 '짝우정'이란 말은 없으니
친구의 마음도 저와 같았으면 좋겠습니다.

아카시아 향

아침에 창문을 열면
뒷산의 아카시아 향기가 기다렸다는 듯 달려듭니다.

향기는 추억으로 가는 차표 같아서
아카시아 흰 꽃 흐드러진 길, 함께 걷던 친구가 생각납니다.

오래된 골목엔 넝쿨 장미가 한창입니다.
장미 향기처럼 은은하던 친구가 떠오릅니다.
세상 떠난 지 이십 년이 되어가도
그는 여전히 장미향으로 남아 있습니다.

일요일 아침 버스엔 빈자리가 많은데
하필 제 옆에 와 코 골며 자는 사람,
찌든 담배 냄새가 어찌나 심한지 앉아 있을 수가 없습니다.
사는 게 힘들어 그렇겠지 하면서도 일어납니다.

냄새는 정직해서 '향 쌌던 종이에선 향냄새가 나고
생선 쌌던 종이에선 비린내가 난다'는데,
지금 우리에게선 무슨 냄새가 날까요?
이 세상을 떠난 후 우리는 어떤 냄새로 기억될까요?
향기일까요, 악취일까요?

몸의 13분의 1밖에 안 되는 작은 발,
신발에 갇힌 채 무거운 몸을 나르면서도 불평하는 법이 없고,
정 힘들면 눈물 같은 땀을 흘리는 게 고작입니다.

더운 날 땀 흘려 일한 발, 찬물에 담그고 쓰다듬어 주세요.
늘 우리 말을 들어주는 발, 가끔은 발처럼 침묵하며
발의 말을 들어주어도 좋지 않을까요?

알리의 유언

며칠 전 우리는 위대한 동행 무하마드 알리를 잃었습니다.
열두 살에 권투를 시작해 스물둘에 세계챔피언이 된 알리,
자신의 진짜 적은 인종을 차별하는 미국 사회라고 했습니다.

스물다섯 살 때 베트남전쟁에 참전하라는 징집명령을 받자
그는 이렇게 말했습니다.
"강력한 미국을 위해, 가난하고 굶주린 사람들이나
피부가 검은 사람들이나 형제에게 총을 겨누는 걸,
내 양심은 허락하지 않습니다. 그 사람들을 왜 쏴야 합니까?
나를 검둥이라고 부른 적도 없고 나를 폭행한 적도 없고,
내 부모를 강간하거나 살해한 적도 없는데…
그냥 나를 감옥으로 데려가시오."

그는 징집 거부로 투옥됐고 4년 동안이나
시합을 금지 당했지만, 명실상부한 '인민의 챔피언'이 됐습니다.
'나비처럼 날아서 벌처럼 쏴라'던 무하마드 알리,
그가 위대한 것은 56전 5패의 놀라운 기록 때문만이 아닙니다.
자신의 신념에 따라 옳지 않은 것들과 싸우며
약자들을 위해 헌신했기 때문입니다.

무하마드 알리센터를 비롯해 수많은 단체를 지원했던 알리는
'봉사는 지상의 내 방 방세를 내는 것'이라고 했다는데,
지금 우리는 우리 방의 방세를 내고 있을까요?

팔찌

장신구를 좋아하지 않지만
요즘은 왼쪽 손목에 팔찌를 하고 다닙니다.
빨강, 노랑, 초록, 하양, 검정,
다섯 색깔 실로 꼰 가느다란 끈인데요.

달라이 라마를 친견하고 이것을 받은 친구가
제게 선물한 것입니다.
저는 그분을 만나 뵌 적이 없지만
'친절이 나의 종교'라는 그분의 말씀을 좋아합니다.

길이가 95센티미터쯤 되니 한쪽을 묶어
목에 걸어도 되지만, 저는 손목에 감고 다닙니다.
늘 이것을 보며 연민, 용서, 인내, 만족, 자기 수련…
그 가르침들을 기억하고 싶어서입니다.

누구에게나 이런 물건이 있으면 좋겠습니다.
마음의 거울 노릇을 해주는 물건을 하나씩 지니고
시시때때로 마음을 비춰보면
지구촌이 지금보다 훨씬 평화로운 마을이 될 테니까요.

벽 같은 사람, 유리 같은 사람

여름이 익어갈수록 건물 안팎의 온도 차이가 커집니다.
안과 밖을 가르는 것은 벽과 문,
문 중에서 가장 아름다운 건 창문입니다.

벽은 두께도 두껍고 안에서는 밖이,
밖에서는 안이 보이지 않아 차단 효과가 당연하게 느껴지지만,
유리창은 두께도 얇고 투명한데 안팎을 가르니
생각할수록 신기합니다.

유리가 없었다면 우리의 시야는 지금보다 훨씬 좁고
우리의 생활은 지금보다 덜 아름다웠겠지요.
무엇보다 유리창으로는 바깥 풍경이 보이고
여차하면 창문을 열어 안과 밖이 소통할 수 있는 데다,
한 면을 가리면 거울이 되어
우리의 모습을 비춰볼 수도 있습니다.

벽 같은 사람보다 유리 같은 사람이 많았으면 좋겠습니다.
늘 투명하고 소통할 준비가 되어 있는 유리,
두려움 없이 더위와 추위, 비바람에 맞서는 유리,
유리처럼 살고 싶습니다.

'먹방'과 젓가락질

텔레비전 화면 가득 먹는 사람들이 보입니다.
입을 크게 벌리고 음식을 밀어 넣는 사람,
한입 가득 문 채 맛있다고 떠드는 사람…
돈이 없거나 병에 걸려 먹을 수 없는 사람들이
저 모습을 보면 얼마나 괴로울까요?

'먹방'을 보기 싫은 또 하나의 이유는 젓가락질입니다.
어린이는 말할 것도 없고 다 자란 사람들 중에도
젓가락질을 제대로 하지 못하는 사람이 많습니다.

무엇을 먹는가를 보면 사람의 됨됨이를 알 수 있다고 하지만
어떻게 먹는가를 보면 더 잘 알 수 있습니다.
아무리 고명한 사람도 젓가락질을 못하면 바보 같고,
초등학생이라도 젓가락질을 우아하게 하면
가볍게 대할 수가 없습니다.

그깟 젓가락질 가지고 뭘 그리 따지냐고요?
그건 젓가락질이 우리 사회를 반영하기 때문입니다.
젓가락질은 못해도 많이만 먹으면 된다고 생각하는 사람들이
어떻게 해서든 원하는 걸 가지기만 하면 된다는 풍조를
부추기기 때문입니다.

텔레비전에서 먹는 사람들을 보여주려면
젓가락질이라도 제대로 하게 하면 좋겠습니다.

두려움이 두려워

메르스 공포가 나라를 삼켰습니다.
메르스가 무서워 학교도 못 가고 극장도 못 갑니다.
세월호 사건이 우리 사회의 부패와 태만을 드러냈다면,
메르스 사태는 정부의 무능과 함께
너무 쉽게 두려움에 사로잡히는 국민을 보여줍니다.

'두려움' 하면 프랭클린 D. 루즈벨트 미국 대통령의 말이
떠오릅니다. 그는 '우리가 유일하게 두려워해야 할 것은
두려움 그 자체'라고 했습니다.

생각해보면 우리가 무능한 정부를 갖게 된 것도
메르스로 나라 전체가 위축된 것도 모두 두려움 때문입니다.
죽음이 두려워 병원을 안방처럼 드나들고
가난이 두려워 장밋빛 공약에 현혹되는 국민…
이런 나라에선 화려한 공약을 내지 않았던
루즈벨트 같은 후보는 대통령에 당선되지 못하겠지요.

두려움의 포로가 되지 않으려면
몰려다니는 시간을 줄이고 홀로 있는 시간을 늘려야 합니다.
내가 무엇을, 왜 두려워하는지,
그것이 정말 두려워할 만한 것인지
찬찬히 들여다봐야 합니다.

축구와 정치

세계인의 축제라는 월드컵 축구대회가 열립니다.
월드컵 대회는 1930년 우루과이에서 처음 시작돼
2차 세계대전 때를 빼고는 4년마다 개최됐습니다.

서른두 개 국가대표팀이 참가하는 월드컵 본선에선
세계 최고의 선수들을 볼 수 있지만,
최고의 실력이 최고의 인격을 뜻하는 건 아니겠지요.

축구가 정치 같다고 하는 사람들도 있습니다.
규칙을 준수하는 선수보다
할리우드 액션 같은 쇼를 하는 선수가
게임에서 유리하다는 것이지요.

그래도 운동장이 정치판보다는 정직할 겁니다.
만인이 주시하는 가운데 맨몸으로 싸우니까요.

축구 경기의 공정성은 심판에게 달렸지만
정치인을 심판하는 건 시민입니다.
운동장의 불공정엔 목청을 돋우면서
교활한 정치꾼을 모르쇠하면 안 되겠지요.

축구 경기를 볼 때만큼이라도 정신 차리고 정치판을 지켜봐야,
정치판이 야바위판이 되는 걸 막을 수 있습니다.

발처럼 침묵을

날이 더워지니 양말을 신지 않고 다니는 사람이 많습니다.
추울 땐 잊혔다가 여름 되어 드러나니
발이 제일 좋아하는 계절은 여름일지 모릅니다.

몸의 13분의 1밖에 안 되는 작은 발.
신발에 갇힌 채 무거운 몸을 나르면서도 불평하는 법이 없고,
정 힘들면 눈물 같은 땀을 흘리는 게 고작입니다.

세상의 소리와 화려한 볼거리를 좇는 사람의 발은
마음에 정한 길을 가는 사람의 발보다 오래, 힘들게 일합니다.
더구나 요즘처럼 여행이 유행하는 시대에는
발의 고생이 이만저만이 아닙니다.

머리로는 지구 끝까지 갈 수 있어도
발이 없거나 아프면 문을 나서기조차 어려우니,
자유를 소중히 여긴다면 발을 아껴야 합니다.
애인이 있는 사람도 발을 잘 건사해야 합니다.
그래야 애인이 부를 때 바로 달려갈 수 있으니까요.

열심히 일하는 사람도 가끔은 쉬어야 하듯
발에게도 휴식이 필요합니다.
더운 날 땀 흘려 일한 발, 찬물에 담그고 쓰다듬어 주세요.
늘 우리 말을 들어주는 발, 가끔은 발처럼 침묵하며
발의 말을 들어주어도 좋지 않을까요?

여신

6월 19일

21세기 여신들은 '신화'가 아닌 한국에 있습니다.
'여신 미모' '여신 몸매' '여신 강림' '여신 본능'…
아름다운 목소리로 선원들을 유혹해 바다에 빠트리는
그리스 신화의 사이렌처럼, 한국의 '여신'들은 매일
인터넷 바다에서 사람들을 유혹합니다.

그러나 신은 신화나 상상 속 존재이지
현실의 주인공은 아닙니다.
겉모습을 신화 속의 신처럼 완벽하게 만든다 해도
사람이 신이 될 수는 없습니다.

우리 사회에 '사람 같지 않은 사람들'이 늘어나는 건
언행이 아름다운 사람보다
겉모습이 신 같은 사람들을 칭송하기 때문일지 모릅니다.

신들을 신화 속으로 돌려보내고,
신의 겉모습을 흉내 내는 사람들보다
사람답게 사는 사람들을 인정하는 날,
그때에야 이 세상이 살 만한 곳이 되지 않을까요?

혼자 먹는 밥

텔레비전 방송마다 요리 프로그램을 합니다.
쉽게 할 수 있는 채소볶음도
예쁜 그릇에 담으면 고급 요리 같습니다.
왜 이렇게 요리 프로그램이 유행할까요?

가장 그럴듯한 해석은 '대리만족'입니다.
사는 게 바빠 음식 해 먹을 시간이 없다 보니
요리 프로그램을 보면서 요리해서 먹는 듯한
'대리만족'을 느낀다는 것이지요.

22개 나라 사람들이 요리에 쓰는 시간을 비교했더니
우리나라가 일주일에 3시간 40분으로 꼴찌였다고 합니다.

집에서 음식을 만들어 먹지 않게 되는 건
혼자 사는 사람이 많아지는 것과도 상관이 있을 겁니다.
사람들은 대개 함께 먹으려고 음식을 만들지
혼자 먹으려고 만들지는 않으니까요.

우리나라의 1인 가구 비율은 이미 27퍼센트를 넘어섰고
20년 후에는 34퍼센트를 넘을 거라고 하니,
이러다가는 텔레비전에서 온종일
요리 프로그램을 하는 날이 올지도 모릅니다.

마늘각시처럼

마늘 껍질을 벗기다 보면 감탄사가 절로 나옵니다.
흙 묻은 껍질 속 윤나는 하얀 피부…
마늘각시라는 말이 왜 생겼는지 알 것 같습니다.
마늘각시는 '껍질 벗은 마늘처럼 하얗고
반반한 색시'를 일컫는 우리말입니다.

서양에서는 마늘이 흡혈귀나 귀신을 물리친다는데
이렇게 예쁜 마늘을 보고 왜 그런 말을 하는 걸까요?

마늘 껍질을 한참 벗기다 보니 손가락이 화끈거립니다.
찬물에 담갔다가 얼음으로 감쌌다가 수선을 떨어도
아픔이 가시질 않습니다. 예쁜 마늘이 잠시 미워집니다.

그렇지만 마늘이 독한 건 당연합니다.
지난 가을 땅에 심겨 한데서 겨울을 났으니까요.
힘겨운 시간을 견딘 덕에 기침을 가라앉히고
귀신을 쫓는 힘을 갖게 되었겠지요.

마늘이 이겨낸 겨울 같은 시간을 견뎌내면
우리도 마늘처럼 강한 힘을 갖게 될지 모릅니다.
손가락은 여전히 화끈거리지만
마늘은 오히려 어여쁩니다.

과일가게 전시회

요즘 과일가게는 고갱의 작품 전시회 같습니다.
짙푸른 바탕에 검은 줄 선명한 수박, 노랗게 익은 참외…
흐린 날에도 뜨거운 햇살이 보입니다.

대형마트에서는 특수 저장 사과가 맛있다고 큰소리치지만,
사과는 가을에 따서 여름 전까지 먹는 과일이니
이젠 푸석하고 맛이 없는 게 당연합니다.

땀 흘리는 계절엔 수분을 보충해 주고 이뇨 작용을 돕는 수박,
열을 내려주고 피부 노화를 막아주는 참외를 먹어야 합니다.

언제부턴가 한겨울에 여름 과일을 먹고,
한여름에 겨울 과일을 먹는 게 유행입니다.
그러나 질병을 치료하기 위해서라면 몰라도
겨울에 수박과 참외를 먹고, 한여름에 사과를 먹는 건,
청년은 앉아서 가고 노인은 서서 가는 것처럼
이상한 일입니다.

아무리 좋은 비닐하우스에서 자랐다 해도
겨울 수박과 참외는 여름 햇살이 익힌 것들과는 다릅니다.
특수 저장고에 두었던 사과는 여름에도 아삭거린다지만
가을 사과하고는 다르겠지요.

지금은 여름, 고갱의 작품 같은 수박과 참외를 먹으며
그의 질문에 대해 생각해보면 어떨까요?
'우리는 어디서 왔는가, 우리는 무엇인가,
우리는 어디로 가는가.'

커피와 발암물질

오늘날 한국인이 가장 자주 먹는 음식은
밥도 김치도 아닌 커피라고 합니다.
한때는 발암물질로 오인됐던 커피이지만,
최근에 세계보건기구(WHO) 국제암연구소의
발암물질 목록에서 제외됐을 뿐만 아니라,
심장병과 암의 예방에 좋다는 연구 결과가 잇따르고 있습니다.

국제암연구소는 햄, 소시지, 베이컨 등
가공육의 발암 위험성이 높다고 발표한 바 있는데,
발암물질 중에서도 가장 악명 높은 건 담배입니다.
담배에는 40여 종의 발암 물질과
4천여 가지의 유해 물질이 들어있다고 하니까요.

하지만 담배보다 더 무서운 발암 물질원은 바로 대기입니다.
경제협력개발기구(OECD) 보고서에 따르면,
2060년 한국에서 대기오염으로 일찍 사망하는 사람은
2010년보다 세 배 이상 늘어 100만 명당 1,109명에 이르고,
OECD 회원국 중 가장 많을 거라고 합니다.

한국이 선진국클럽이라는 OECD에 가입한 지
20년이 넘었는데, 왜 삶의 질은 갈수록 나빠지는 걸까요?
커피 한 잔 마시면서 생각해봐야겠습니다.

유월 더위

에어컨 바람 시원한 버스 안에
가끔 기침 소리가 들립니다.

막 올라탄 승객 두 사람이
손으로 부채질을 하며 소리칩니다.
"아저씨, 에어컨 좀 세게 틀어요!"

찬바람이 세지니 기침 소리가 잦아집니다.
"아저씨! 에어컨 좀 약하게 해주세요!"
누군가 다급하게 호소합니다.

"하, 나 참, 어떤 사람은 세게 틀라고 하고
어떤 사람은 약하게 틀라고 하고…
여름만 되면 아주 골치가 아파요."
기사가 모든 승객을 향해 볼멘소리를 합니다.

제가 기사라면 에어컨을 약하게 틀겠습니다.
더운 사람은 옷을 벗고 마음을 가라앉히면 덜 덥지만
아픈 사람이 찬바람을 피하는 데는 한계가 있으니까요.

기사님, 에어컨 온도를 높여 주세요.
힘 있고 돈 있고 건강한 사람만 살기 좋은 세상…
버스 안에서라도 약한 사람 좀 편들어 주세요.

'붕대족' 여러분!

6월 29일

요즘 시내에 나가면 붕대로 얼굴을 싸맨 사람들을
심심치 않게 볼 수 있습니다.
미용성형수술을 받은 지 얼마 되지 않은 사람들이라고 합니다.

예전에 미용을 목적으로 얼굴을 고친 사람들은
그 사실을 숨기는 일이 많았습니다.
성형수술했느냐고 물으면 아니라고 펄쩍 뛰거나
마지못해 그렇다고 인정했습니다.

그런데, 언제부턴가 묻기도 전에
'의술의 도움을 받았다'고 '당당하게' 밝히는 사람들이 늘고,
'보톡스 맞으러 간다'는 말을 '팥빙수 먹어야겠다'고 하듯
쉽게 하는 사람들이 많아지더니,
마침내 '붕대족'이 등장한 것입니다.

미용성형에 대해서는 여러 가지 의견이 있을 수 있지만
얼굴을 바꾸는 과정은 화장이나 속옷 갈아입기처럼
사적인 행위이니, 공공연히 보여주지 않으면 좋겠습니다.

'붕대족' 여러분, 붕대 푼 후에 만납시다!

할머니와 나비

나비 한 마리가 팔랑팔랑 날아옵니다.
"나비야 나비야 이리 날아오너라,
노랑나비 흰나비 춤을 추며 오너라."
오래 전 할머니가 부르시던 노래가 귓가에 맴돕니다.

주변엔 느티나무뿐인데 무엇을 보고 왔을까요?
저만치 넝쿨장미가 보이지만 작은 날개로 거기까지 가다가는
도중에 지쳐 떨어져 검은 길의 노란 점이 될 겁니다.
잠시 생각에 잠겼다 둘러보니 나비는 간데없고
아스팔트만 이글거립니다.

햇살에도 무게가 있는지 걸음이 자꾸 무거워집니다.
오 분도 안 되어 건물 밖 층계 밑 좁다란 그늘로 들어갑니다.
저기, 걸을 땐 보이지 않던 화단이 보입니다.
푸른 가지 끝마다 하얀 꽃들,
정물화 같은 풍경이 살짝 흔들립니다.
조금 전에 본 노랑나비입니다.
아니, 오래 전 할머니와 함께 보던 나비입니다.

"나비야 나비야, 이리 날아오너라,
노랑나비 흰나비 춤을 추며 오너라."
혹시 이 나비는 제 할머니의 새 몸일까요?
며칠만 있으면 할머니의 제삿날입니다.
반가운 해후의 날입니다.

색안경을 잃어버린 지 보름이 되어갑니다.

안경 덕에 올려다보던 하늘, 이젠 눈이 부셔서 보지 못합니다.

새 안경을 사라고들 하지만 아직은 그러고 싶지 않습니다.

사람이든 사물이든 인연은 소중한 것, 헤어졌다고 금방

다른 사람이나 물건에게로 마음을 옮기는 건

예의가 아니겠지요.

7월

다시 새벽

겨울에는 여덟 시가 다 되어 뜨던 해가
요즘은 다섯 시 조금 지나 올라옵니다.

'장닭이 울지 않아도 새벽은 온다.'는 말이 있고
'닭의 목을 비틀어도 새벽은 온다.'는 말도 있듯이
새벽은 기다리는 사람에게는 물론이고
기다리지 않는 사람에게도 찾아옵니다.

어떤 사람은 살기가 너무 힘드니
세상이 좀 바뀌어야 한다고 하고
어떤 사람은 사는 게 늘 요즘만 같았으면 좋겠다고 하지만
누구에게나 새벽이 오고 새 날이 옵니다.

닭이 우는 곳에나 닭이 없는 곳에나 공평하게 찾아오는 새벽,
어제치 어둠을 깨뜨리며 다시 새벽이 열렸습니다.

하얀 도화지 같은 하루…
오늘은 어제와 다른 그림을 그리고 싶습니다.
어제의 껍질을 벗고 새 마음이 되고 싶습니다.

나팔꽃의 목소리

이른 아침 초록 풀 사이에서
알록달록한 나팔꽃을 보았습니다.
흰 나팔, 분홍 나팔, 잉크빛 나팔,
입은 활짝 열려 있지만 고요합니다.
꽃의 입이 사람의 입보다 아름다운 건
소리 없이 향기만 풍기기 때문이겠지요.

옛날 중국에 아름다운 아내를 빼앗긴 화공이 있었답니다.
아내는 높은 성의 꼭대기 방에 갇히고
아내를 기다리다 지친 화공은 그림 한 점을 그려
아내의 창문 아래 묻고 세상을 떠났답니다.
그림이 묻힌 자리에서 꽃이 피어났고
그 꽃은 아내를 보고 싶어 하던 화공의 마음처럼
높이높이 기어올랐답니다.
그래서 나팔꽃의 꽃말이 '허무한 사랑'일까요?

영어로는 'Morning Glory'이니 '아침의 영광'입니다,
다른 꽃들이 잠들어 있을 때
홀로 깨어 아침을 밝힌다는 거겠지요.

똑같은 꽃을 보고 '허무한 사랑'을 생각하는 사람이 있고
'아침의 영광'을 생각하는 사람도 있습니다.
나팔꽃은 어떤 꽃말을 좋아할까요?
문득 나팔꽃의 목소리가 궁금합니다.

장마 끝!

자음과 모음이 만나 무수한 글자가 이루어집니다.
두세 글자가 만나 뜻 하나가 되기도 하지만,
한 글자에 큰 뜻을 담은 낱말도 있습니다.

해, 달, 비, 밥, 꿈, 끝!
저는 그 중에서도 '비'와 '끝!'을 특히 좋아합니다.

유례없이 때 이른 더위 덕에
유월부터 집집마다 에어컨을 돌리더니
그 다음엔 전기가 부족하다고 시끄러웠습니다.
사람들이 덥다고 떠들면 떠들수록
세상은 더 더워졌습니다.

칠월 도착하고 몇 시간 되지 않아 비가 왔습니다.
반가운 손님 같은 비 덕에 기온이 30도 아래로 내려가니
백반집 아주머니부터 호박잎까지,
시들었던 얼굴에 생기가 돋았습니다.

그러나 반가웠던 손님도 너무 오래 머물면 반갑지 않습니다.
"비님, 한 곳에 오래 머물지 마시고
여기 저기 목마른 땅 찾아 다니시다
적당한 때에 '장마 끝!' 하시면 어떨까요?"

웃자!

아이가 초등학교 일학년이던 어느 날 물었습니다.
"우리 집 가훈이 뭐에요?"
머리가 생각하기 전에 입이 답했습니다.
"우리 집 가훈은 '웃자!'"
"웃자?" 아이가 고개를 갸웃거렸습니다.

가훈을 붓글씨로 써서 가져가야 한다기에
먹물에 붓을 적셔 '웃자'를 써주었습니다.
'ㅅ(시옷)' 받침의 두 다리 중 하나는 길고 하나는 짧은 '웃자'…
선생님, 학생 할 것 없이 보는 사람마다 웃었답니다.

"다른 집의 가훈은 '근면' '성실' '하면 된다' 그런 거던데,
왜 우리 집 가훈은 '웃자'예요?"
아이가 물었습니다.
그때는 "웃는 게 좋잖아" 하며 웃어넘겼지만
이제 아이도 어른이 됐으니 말할 수 있습니다.

'아무리 근면하고 성실해도 물려받은 불운에서
벗어나지 못하는 사람이 너무 많잖아?
웃으면 복이 오고 젊어진다니까 너무 애쓰지 말고
늘 웃으면서 네 식으로 살아.'

언젠가 아이에게도 아이가 생겨 가훈을 묻거든
"웃자!"라고 답하면 좋겠습니다.

관절 같은 사람

장마철이라 그럴까요?
나이가 들어가기 때문일까요?
엄지손가락 관절이 아파 다른 손가락으로 감싸는 일이 잦고
양 손목 삥 둘러 파스 팔찌를 하는 일도 흔합니다.
뼈마디가 쑤신다던 어른들의 말씀이 갈수록 실감납니다.

몸의 형태를 이루는 건 뼈와 뼈를 싸고 있는 살인데,
신생아에겐 350개의 뼈가 있지만
자라면서 뼈의 융합이 일어나
성인의 뼈는 206개라고 합니다.

뼈는 단단하고 강해도 뼈만으로는 아무것도 할 수 없고
뼈와 뼈를 이어주는 약 360개의 관절 덕에
먹고 생각하고 사랑할 수 있다니 재미있습니다.

생각해보면 요즘 세상이 갈수록 사나워지는 건
뼈 같은 사람은 많고 관절 같은 사람은 적어서일지 모릅니다.
뻣뻣하게 제 주장만 하는 뼈와 달리,
뼈와 뼈의 합력을 돕는 관절.
그렇게 평생 애쓰다 보니 염증도 생기고 고통도 겪겠지요.

그래도 관절 같은 사람이 되고 싶습니다.
아픔 없이는 보람도 없으니
파스를 친구 삼더라도 보람 있게 살고 싶습니다.

말이 하지 못하는 일

슬픔에 잠긴 친구를 만났습니다.
무슨 말로도 위로할 수 없다는 것을 아는데도
자꾸 말이 나왔습니다.
제 입이 하는 말을 제가 들어도 말이 되지 않았습니다.

마음을 말로 표현하는 건 쉬운 일이 아니지만
위로가 필요한 사람 앞에서
말은 갈 곳을 모르는 말처럼 허둥거립니다.
그러다 보면 위로하고 싶어 횡설수설하는 사람을
위로받아야 할 사람이 오히려 위로하는 일이 흔합니다.
친구가 제게 고맙다고 하는 건 제 말에 위로받아서가 아니고
그 두서없는 말에 담긴 사랑을 알기 때문이겠지요.

헤어지기 직전, 슬픔으로 작아진 친구를 가슴에 안았습니다.
제 사랑과 온기가 그에게로 흘러들어
그의 몸의 한기가 가시는 것 같았습니다.
그럴 줄 알았으면 처음부터 그냥 안아주는 건데….

누군가를 위로하고 싶은데
무슨 말을 해야 할지 알 수 없을 때에는
그냥 그 사람을 안아주세요.
말이 하지 못하는 일을 몸이 할지도 모르니까요.

히포크라테스 선서

고열에 시달리는 아버지를 모시고 응급실에 갔습니다.
앓던 병이 악화되어 온 사람, 사고를 당해 실려 온 사람,
고통으로 신음하는 환자들과 불안한 얼굴의 보호자들…
끊임없이 이어지는 소음 속에서
환자들의 사투를 돕는 의료진을 보니
히포크라테스의 선서가 떠올랐습니다.

"나의 생애를 인류 봉사에 바칠 것을 엄숙히 서약하노라…
나는 양심에 입각해 의술을 베풀겠노라.
환자의 건강과 생명을 첫째로 생각하며…
인종, 종교, 국적, 정치적 관계나 사회적 지위를 초월하여
오직 환자에 대한 나의 의무를 지키겠노라…
위협을 당할지라도 나의 지식을 비인도적으로 쓰지 않겠노라…"

기원전 4, 5세기에 쓴 선서라서
오늘날엔 맞지 않는다는 사람들이 있지만
그때나 지금이나 변하지 않는 의료인의 조건은
동료 인간에 대한 사랑일 겁니다.

병은 시계를 보지 않고 찾아옵니다.
일요일 아침에도, 바쁘게 살던 사람들이 휴식하는 시간에도,
여전히 사랑을 무기삼아 싸우고 있을 의사, 간호사, 기사…
모든 의료인에게 감사합니다.
여러분의 따스한 마음과 숙련된 손이 꽃보다 아름답습니다.

어멈, 잡채 하는구나!

지난주엔 제사가 두 번이나 있었습니다.

작년에 돌아가신 어머님의 초기初忌와
오래 전에 저승으로 가신 할머니의 기일.
제사상의 음식과 절하는 사람은 달라도
정성과 경건함은 다르지 않았습니다.

할머니의 제상 앞에 서니
긴 머리를 참빗으로 정갈하게 빗고
은비녀로 쪽 지시던 할머니 모습이 떠올랐습니다.

어머님이 좋아하시던 잡채를 볶으려
당근과 버섯을 채 썰다 보니
'어멈, 잡채 하는구나!'
반가운 음성이 들리는 것 같았습니다.

일 년에 한 번, 가신 분을 위해 차리는 상,
자주 해먹지 못하는 음식을 먹으며
시간을 돌이켜볼 기회를 주시니 감사하고
만나기 어려운 가족들을 한 자리에서 보게 하시니
더욱 감사합니다.

할머니, 어머님, 내년 이맘 때 다시 뵈올 때까지
부족한 자손들을 굽어 살펴 주소서.

오랜 친구에의 예의

마음이 어지러울 땐 사람을 만나고 싶지 않지만
오래된 인연은 피할 수가 없습니다.
색안경을 무기 삼아 햇빛 쨍쨍한 거리로 나섰습니다.
밥 먹고 차 마시고 함께 웃고 울다 보니
'오랜 친구가 좋다'는 생각이 들었습니다.

며칠 후 또 나갈 일이 생겼습니다.
햇볕은 그새 더 밝고 뜨거워졌는데
며칠 전 들고 나갔던 가방 속엔 안경집만 있고
안경은 없었습니다.

색안경을 잃어버린 지 보름이 되어갑니다.
안경 덕에 올려다보던 하늘, 이젠 눈이 부셔서 보지 못합니다.
새 안경을 사라고들 하지만 아직은 그러고 싶지 않습니다.
사람이든 사물이든 인연은 소중한 것, 헤어졌다고 금방
다른 사람이나 물건에게로 마음을 옮기는 건
예의가 아니겠지요.

안경과 저의 인연은 끝났지만
누군가와 다시 반가운 인연을 맺길 바랍니다.
마음이 맑고 단단한 사람을 만나
다시는 어리석은 이별 같은 것 하지 말고
눈부신 하늘, 오래오래 함께 보길 기원합니다.

식지 않는 밤

여름 불청객 열대야가 올해도 어김없이 찾아왔습니다.
'열대야'는 기온이 섭씨 25도 아래로 내려가지 않는 밤,
한낮에 달구어진 세상이 해 진 후에도 식지 않는 걸 뜻합니다.

열대야가 지속되면 범죄도 늘어납니다.
감정이 쉽게 달아오르고 충동을 억제하기 힘들어져
범죄를 일으키기 쉽다는 것입니다.
강력범죄가 7, 8월에 집중적으로 발생하고
9월 찬바람이 불며 줄어드는 게 우연이 아닌 거지요.

인간은 '만물의 영장'이라지만
가을이면 저지르지 않을 범죄를
여름이라 저지르는 걸 보면
날씨의 영향을 받는 대단찮은 존재입니다.

할 수만 있으면 더위 때문에 남을 해치는 '만물의 영장'보다
더우면 제 풀에 지치고, 열대야든 영하의 추위든
소리 없이 견뎌내는 겸손한 동물로 살고 싶습니다.

너무 느리게 움직여 털 속에 이끼가 자라는 나무늘보,
송곳니도 없는 나무늘보처럼
누구에게도 피해 주지 않는 삶을 살고 싶습니다.

다리에게 어울리는 일

여름은 다리의 계절입니다.
반바지와 짧은 치마 아래 두 다리가 앞뒤로 움직이며
'X' 자가 되었다 '11' 자가 되었다 합니다.

다리에게 어울리는 일은 아무래도 앞으로 가는 것입니다.
가다보니 잘못 간 길이어서 돌아서 갈 때조차
앞으로 나아가는 모습은 아름답습니다.
사람의 눈이 정면을 향한 것도
앞으로 나아가라는 뜻이겠지요.

다리가 제 값을 못할 때는 갈팡질팡할 때입니다.
어디로 가야 할지 모를 때는
그 자리에 멈춰서 생각해야 하지만
마음이 급한 사람은 무조건 움직이니 다리가 고생입니다.

마음이 원하는 곳으로 몸을 데려다 주어
마음과 마음을 만나게 하는 다리,
이 마을과 저 마을을 이어주는 시설물을 '다리'라 하는 것도
그것 덕에 만나는 마음이 있기 때문이겠지요.

이 여름, 수고하는 다리들 덕에
세상의 외로움이 조금 줄었으면 좋겠습니다.

영화와 사람

1948년에 나온 우리나라 영화 <해연>을 보러
한국영상자료원에 갔습니다.
오래된 영화라 그런지 연세 높은 관객이 대부분이었습니다.
영화 상영 전 영상자료원의 직원이 객석을 향해
담소하지 마시라, 핸드폰을 진동으로 해두시라,
여러 가지를 당부했습니다.

마침내 영화가 시작됐습니다.
귀한 영화인만큼 집중하고 싶었지만 집중하기 어려웠습니다.
왼쪽 어르신은 수시로 핸드폰을 열어보고,
지퍼 소리를 내며 가방을 열었다 닫았다 하시더니,
뽀스락 바스락 군것질을 하시고는 코를 골며 주무셨습니다.
오른쪽 노부부는 '저게 조미령이군!' '저 때도 전차가 있었네!'
대화를 그치지 않았습니다.
74분짜리 영화가 세 시간처럼 느껴졌습니다.

영화는 오래되면 자연히 귀해지지만
사람은 오래돼도 자연히 귀해지지 않으니
사람 노릇이 어려운 이유가 거기에 있겠지요.

영상자료원에선 다양한 영화를 무료로 상영하지만
다시 가볼 용기가 나지 않습니다.

공치는 날

7월 27일

가물던 도시에 비가 내렸습니다.
잎사귀들은 푸르게 반짝이고
아스팔트의 검은 얼굴도 말갛게 빛났습니다.
오랜만에 내린 비가 여름에 찾아온 가을바람 같아
눈 만난 강아지처럼 즐겁게 집을 벗어났습니다.

비 냄새 향기롭고 먼지 없어 좋은 길…
나무도 풀도 그대로인데 자꾸 남의 동네 같았습니다.
'왜 그럴까…?'
걸으면 걸을수록 머릿속 물음표가 커졌습니다.

같은 길을 세 바퀴나 돌고 나서 깨달았습니다.
노점들이 사라진 겁니다.
신문 한 장에 상추와 깻잎을 펼쳐 놓고 파시던 할머니,
멸치 상자 두어 개를 놓고 빙빙 도시던 할아버지,
투명 사각 통에 온갖 김치를 담아 놓고 팔던 아주머니,
모두 다 비 뒤로 숨어 보이지 않았습니다.

혹시 어둑한 방에 누워 쌓인 피로와 싸우고 계신 건 아닐까요?
'비 오는 날은 공치는 날'이라며
어딘가에 모여 앉아 놀고 계셨으면 좋겠습니다.

"비야, 반가운 비야, 한곳에 너무 오래 오진 말아라.
노점 없는 곳엔 오고 노점 있는 곳엔 오지 마라."

바다 보다

스무 살 넘어 처음 본 바다…
당기는 힘이 너무 강해서 오히려 도망치고 싶었습니다.
너무나 매력적이어서 치명적인 애인 같다고 할까요?

'산山'과 '강江'은 한자말이지만 순우리말인 '바다'.
'바다'의 어원에 관해서는 의견이 분분하지만
저는 '보다'에서 나왔을 것 같습니다.
'보다'를 뜻하는 영어 단어 'see'와
'바다'를 뜻하는 'sea'의 발음이 같아서
그렇게 생각하는 건 아닙니다.

여름이 깊어가며 바다로 가는 사람이 많고
바다를 한참씩 항해하는 크루즈여행도 유행하지만,
그 누구도 바다에서 영영 살 수는 없습니다.
아무리 아름다운 바다도 '바라보는' 곳일 뿐입니다.

지구 표면의 3분의 2 이상을 덮은 바다,
지구 최초의 생명을 탄생시킨 바다에서
인간은 파도보다 작고 멸치보다 약한 존재입니다.

올 여름 바닷가에선 자신의 작음을 '보고'
겸손해지는 사람이 많았으면 좋겠습니다.
바다를 보다가 그 치명적 매력에 빠져
돌아오지 않는 이는 한 사람도 없기를 바랍니다.

해피아워

대학교가 방학하니 학교 앞 카페와 식당들이
모두 개점휴업 상태입니다.
방학이 끝나려면 한참 남았는데…
괜히 걱정이 됩니다.

가장 큰 카페가 '해피아워' 행사를 시작합니다.
정해진 시간 동안 모든 음료를 반값에 파는 것이지요.
오랜만에 젊은 손님들이 북적이고
종업원들은 땀 닦을 새도 없이 바쁩니다.

'해피아워'는 말 그대로 '행복한 시간'인데,
누구에게 행복한 시간일까요?

'해피아워' 행사를 하고 싶지만 할 수 없는
작은 카페의 주인들은 행복하지 않을 겁니다.
줄지어 섰다가 반값에 음료를 사는 손님들이 행복할까요?
땀 흘리며 음료를 만드는 종업원들이 행복할까요?

어떤 사람에겐 행복한 시간이
어떤 사람에겐 불행한 시간이 될 수도 있을 겁니다.
제 행복한 시간 때문에 누군가 불행한 적은 없었는지
작은 카페에 들어가 생각해봐야겠습니다.

나이 들수록 예뻐지는 건
고추를 당할 자가 없을 겁니다.
초록 풋고추도 산뜻하지만
빨간 단풍 고추는 꽃보다 어여쁘고
파란 하늘 아래 말갛게 마른 고추는
루비보다 투명하니까요.

8월

침묵의 날

더위를 피해 들어간 카페,
여간 시끄러운 게 아닙니다.
소통과 대화는 꼭 필요하지만
서로의 귀에만 들리면 되니
음량을 좀 줄였으면 좋겠습니다.

대화에 가장 많이 쓰이는 눈과 귀와 입.
'눈의 날'은 11월 11일이고
'귀의 날'은 9월 9일이지만
'입의 날'은 없는 이유를 알 것 같습니다.
'입의 날'이 없는데도 이렇게 시끄러우니
'입의 날'이 있었다면 세상은 소음 공장이 되었겠지요.

우리 몸 어떤 기관보다 바쁘게 일하는 입,
한 달에 하루쯤 쉬게 하면 어떨까요?
매월 첫날이나 마지막 날을 '침묵의 날'로 정해
그날은 글씨나 그림만으로 대화하면 좋지 않을까요?

엄마 어머니

"반에서 일등 하는 아이는 ○○학원에 다니고,
전교에서 일등 하는 아이는 △△학원에 다닌데…."
초등학생 엄마들의 대화는 처음부터 끝까지 학원 얘기입니다.

이윽고 아이들이 뛰어 들어옵니다.
"엄마! 엄마!" 아이들은 얼굴도 목소리도 엄마를 닮았습니다.
엄마들은 이구동성으로 "시간 없으니까 얼른 뭐 하나씩
먹고 가!" 하고 소리칩니다.

아이들이 우르르 주문대에 몰려가
"김밥이요!" "샌드위치요!" 외칩니다.
아이들이 왁자지껄 간식을 먹는 사이에도
네 엄마의 스피커는 멈출 줄을 모릅니다.

마침내 아이들과 엄마들이 떠난 자리…
쥐와 고양이가 헤쳐 놓은 쓰레기통처럼 어지럽고
분식집 이곳저곳에서 탄식인지 안도인지
한숨 소리가 들려옵니다.

저 엄마들을 저렇게 만든 건 누구일까요?
'신은 모든 곳에 있을 수 없어 어머니를 만들었다'는데,
저들도 언젠가는 어머니가 될 수 있을까요?

옥수수 같은 사람

노점에선 삶은 옥수수를 팔고
시장에 가면 껍질째 파는 옥수수가 한창입니다.

연노랑 알갱이가 쪼르르 박힌 것,
진한 가지색 일색인 것,
노랑과 보라가 알록달록 섞인 것도 있습니다.

한 사람을 두고 여러 얘기가 오가듯,
옥수수에 대해서도 말이 많습니다.
"몸에 나쁜 오메가6가 잔뜩 들어 있다.
유전자변형 옥수수가 판치니 먹지 마라."
"비타민E가 많아 노화를 방지하고, 칼로리는 낮지만
포만감이 오래 지속되어 다이어트에 효과적이다."

제가 옥수수를 좋아하는 이유는
'구슬 옥玉' 자가 든 이름처럼
속내도 아름답기 때문입니다.

겉모습은 그럴 듯한데
속은 실망스러운 것들이 많은 세상,
속이 꽉 찬 옥수수 같은 사람이 되고 싶습니다.

땀메달

리우올림픽이 개막했습니다.
이 올림픽을 위해 약 2,500개의 메달을 만들었다고 합니다.

선수들과 응원하는 사람들 모두 금메달을 원하지만
금메달은 사실 금이 아닌 은으로 만든다고 합니다.
금메달을 원하는 것도 값 때문이 아니고
'세계 1인자'를 뜻하기 때문이겠지요.

레슬링 선수 김현우 씨는 4년 전 런던올림픽을 앞두고
"어떤 선수가 나보다 땀을 많이 흘렸다면
금메달을 가져가도 좋다"고 말했지만,
스스로 금메달을 땄습니다.

그 후 그의 말은 한국 레슬링대표팀의 모토가 됐다는데,
레슬링팀만이 아니라 모두의 모토가 되면 좋겠습니다.
그 말은 목표를 위해 누구보다 열심히 노력했다는 자신감과
정정당당히 목표를 이루겠다는 의지의 표현이니까요.

올림픽경기장에서는 물론이고 경기장 밖에서도
땀 흘린 사람들이 인정받았으면 좋겠습니다.
은으로 만든 메달을 '금메달'로 만드는 연금술의 비밀은
바로 땀이라는 것, 그것을 기억했으면 좋겠습니다.

할머니의 유모차

8월 9일

허리 굽은 할머니들이 유모차를 밀고 갑니다.
"아이고, 새 유모차네!"
고쟁이 같은 옥색 통바지를 입은 할머니가 부러워합니다.

"새 거 아녜요, 전에 쓰던 게 너무 낡았다고
며느리가 재활용센터에서 하나 사다 줬어요."
꽃무늬 통치마 할머니가 자랑 아닌 듯 자랑합니다.

"재활용센터 거면 어때? 내가 처음 쓰면 새 거지.
며느리가 착하네!" 통바지 할머니가 또 부러워합니다.
그러고 보니 할머니의 유모차가 많이 낡았습니다.

젊은 여인의 유모차는 아기가 타고 있어도 가볍게 움직이지만,
할머니들의 유모차는 비어 있어도 무겁게 움직입니다.
혹시 제겐 보이지 않고 착한 사람의 눈에만 보이는
누군가가 타고 있는 걸까요?

유모차를 타고 가는 아기는 나라의 미래이지만
유모차를 밀고 가는 할머니는 우리의 미래입니다.

길에서 할머니의 유모차를 만나거든
거치적거린다고 불평하지 말고 담담하게 봐주세요.
시간과 추억으로 무거운 유모차, 그 속도가
훗날 우리의 속도이니까요.

구름의 이름

8월 10일

남북한 합해 봐야 22만 평방킬로미터.
작은 나라라고 생각했는데 그렇지 않은 것 같습니다.
우리 동네에 폭우가 쏟아질 때
친구네 동네엔 먼지가 날리는 일이 흔하니까요.

어떤 장난꾸러기 신이 우리를 놀리나 하는 시적인 상상은
비가 오는 건 구름 때문이라는 과학 앞에서 초라해집니다.
공기 속 수증기가 물방울이나 얼음 알갱이가 되어 모인 것이
구름이라고 하지요.

태양계 속 대기를 가진 행성과 위성엔 모두 구름이 있는데,
금성의 구름은 황산 물방울, 화성 구름은 얼음 구름이며,
목성과 토성의 구름엔 암모니아가 들어 있고,
천왕성과 해왕성 구름의 주성분은 메탄이라고 합니다.

지구의 구름이 황산이나 메탄이 아니어서
생명체가 살 수 있다는 걸 알려주는 과학은 고맙지만,
과학만 있고 시가 없었다면 구름에겐 이름이 없었을 겁니다.

새털구름, 양떼구름, 꽃구름, 비늘구름, 뭉게구름, 먹구름,
매지구름…. 구름의 이름을 부를 때마다
그 이름을 낳은 시적 상상력에 감사합니다.

과학자와 시인, 다른 사람들이 함께 사니 얼마나 다행인지요!

모래 한 알 속의 우주

8월 11일

어린이 놀이터마다 우레탄 일색입니다.
개와 고양이 배설물 때문에 모래를 없앴다는데,
전에도 놀이터 모래 속에서 고양이똥 강아지똥이 나왔지만
그때 아이들은 요즘 아이들보다 건강했습니다.

정말 아이들의 건강을 생각해서 바꾼 걸까요?
아이들이 모래밭에서 놀면
입이나 눈에 모래가 들어가지 않을까 지켜봐야 하고
모래투성이가 되면 일거리가 늘어나니
어른들의 일을 줄이기 위해 모래를 없앤 것은 아닐까요?

미끄럼틀, 그네, 시소, 모두 우레탄 바닥처럼 알록달록하지만
아이들은 기구를 오르내릴 뿐
모래를 가지고 놀 때처럼 상상력을 발휘할 수 없습니다.

아이들의 창의력을 강조하면서 놀이터의 모래를 없애고,
공기와 물, 모든 것을 오염시키며 '위생'을 부르짖는 사람들,
여름휴가를 바닷가에서 보내며 한 알의 모래에 깃든
긴 시간과 '모래 한 알 속의 우주'를 생각하길 바랍니다.

서울의 놀이터에 모래가 다시 돌아오는 날,
그날을 기다립니다.

선풍기

끝없이 이어지는 범죄 소식 때문에 더 더운 나날,
선풍기가 있어 다행입니다.

'부채 선扇' 자를 쓰는 선풍기는 전기 부채이니
냉매를 사용해 공기를 식히는 에어컨과는 다릅니다.
온도를 낮추진 못하고 바람을 일으켜
시원한 느낌만 주는 것이지요.

그러니 선풍기는 고통을 치료하는 의사보다는
고통 받는 사람을 위로하는 친구에 가깝습니다.
잘못된 치료는 가끔 새로운 병을 초래하지만
위로가 병을 일으키는 일은 드문 것처럼,
에어컨 때문에 냉방병에 걸리는 사람은 있어도
선풍기 때문에 병나는 사람은 드뭅니다.

에어컨보다 값도 싸고 전기도 훨씬 적게 드는 선풍기,
선풍기에서 사람을 착하게 만드는 바람을
나오게 할 순 없을까요?
선풍기의 '선' 자를 '착할 선善' 자로 바꾸면
바람의 질이 바뀌어 범죄도 줄지 않을까요?

계피 같은

어린 시절 저는 동요를 좋아했는데
윤극영 선생이 지은 '반달'이 특히 좋았습니다.
마음이 우울할 때 밤하늘을 올려다보면
쪽배 같은 달에 계수나무와 토끼가 보이는 것 같아
잠시 우울을 잊었습니다.

1986년 11월, 처음으로 혼자 떠난 외국 출장길에서
계피가루 뿌린 토스트를 먹으며
계피가 마음과 몸을 함께 위로한다는 걸 알았습니다.

얼마 전부터는 계피 덕에 잠을 잘 자게 되었습니다.
친구가 사다준 계피 한 움큼을 머리맡에 두고 자니
모기에 물리지 않고 아침을 맞게 된 겁니다.

계피는 중국 계수나무 중 계피나무와
육계나무의 껍질에서 나온 향신료이며,
몸을 덥히고 소화를 돕는 등
여러 가지 효능을 지닌 약재라고 합니다.

마음과 몸을 위로하고 맛도 좋은 데다
모기까지 쫓아주는 계피,
알면 알수록 좋아지는 계피,
계피 같은 사람이 되고 싶습니다.

매일 생일

아이들은 생일을 기다리지만
어른들 중엔 생일을 부끄러워하는 사람이 적지 않습니다.
생일은 쌓여가는 나이를 생각하게 하니까요.

사람도 나무처럼 나이들수록 크고 멋있어진다면
나이 먹는 걸 부끄러워하지 않을 텐데…
어떻게 해야 나무처럼 멋지게 나이들 수 있을까요?

나무가 멋있는 이유는 무엇보다 사랑입니다.
비탈을 오르는 사람에겐 붙잡을 가지를 주고
지친 이에겐 그늘을 주고 굶주린 이에겐 열매를 주는 사랑.

나무를 멋있게 만드는 또 다른 이유는 참을성과
버리기겠지요. 추울 때나 더울 때나 한 자리에서
잎을 내고 꽃을 피우며, 일 년에 한 번은
그 모든 것을 버려 스스로 새로워집니다.

나무는 가을 끝자락이 되어야 버리고 새로워지지만
사람의 가을은 오늘에 있는 것.
날마다 버리며 새로워지면 결국 나무를 닮게 되지 않을까요?
살아 있는 한 매일 다시 시작할 수 있으니
매일이 생일이고 나이는 아름다운 나이테입니다.

소나기

뜨거운 날이 계속되면 소나기가 그립습니다.
오랜만에 오는 소나기는 지즐지즐 새 소리를 내다가
쏴아! 폭포처럼 쏟아집니다.

언제부턴가 맨몸으로 비 맞는 사람이 보이지 않습니다.
비에 젖기 싫어 종일 우산을 들고 다니는 사람도 있습니다.

그렇지만 역경 없는 삶이 없듯 평생 젖지 않고 살 수는
없을 겁니다. 우산으로 막을 수 있는 건 이슬비뿐
소나기가 퍼부을 땐 무용지물입니다.

아무리 센 소나기도 오래 가지 않으니
소나기가 올 때는 젖는 걸 겁내지 말고 맞아보세요.

우산 없이 소나기 속을 걷다보면 어느 순간
알 수 없는 희열을 느끼게 됩니다.
잠자던 원시인류의 유전자가 소나기 덕에 살아나
앞뒤 재던 도시인을 자연의 일원으로 바꿔주니까요.

소나기를 맞으며 마음껏 웃어보세요.
자연과 하나된 즐거움을 만끽해보세요.

빨간 고추 화환

오래된 단독주택들의 야틈한 담에
세탁소 옷걸이가 즐비합니다.
빨간 고추 화환을 목에 건 하얀 옷걸이들이
큰 공을 세우고 꽃목걸이를 받은
사람들 같습니다.

나이 들수록 예뻐지는 건
고추를 당할 자가 없을 겁니다.
초록 풋고추도 산뜻하지만
빨간 단풍 고추는 꽃보다 어여쁘고
파란 하늘 아래 말갛게 마른 고추는
루비보다 투명하니까요.

고추 화환들의 길이는 얼추 비슷해도
무게와 빛깔은 다 다릅니다.
새로 걸린 고추들은 무겁고 두껍지만
마를수록 가볍고 투명해집니다.

고추를 만지는 할머니들은 웃고 계셔도
구부러진 허리와 주름진 손을 보면 마음이 아픕니다.
장독대에 내려앉은 하늘에게 물어봅니다.
'사람도 고추처럼 나이들수록 가벼워지고 예뻐질 수는 없을까?'

무궁화와 코스모스

코스모스는 꺾일 듯 하늘거리고 무궁화는 우아하지만
사람들은 비교하며 차별합니다.
무궁화는 예쁘지만 코스모스는 별로라고 하고,
코스모스는 예쁘지만 무궁화는 예쁜 줄 모르겠다고 하고.

일을 잘하는 사람과 못하는 사람, 열심히 하는 사람과
게으른 사람을 차별하는 건 공정할지 몰라도
인종, 피부색, 생김새 등 타고난 것을 이유로 차별하는 건
어떤 경우에도 부당합니다.

세계에서 제일 힘센 나라라는 미국이
세계에서 가장 존경받는 나라가 될 수 없는 것도
인종 차별 때문이겠지요.
지금도 미국은 흑백 충돌로 시끄럽습니다.
얼마 전 미주리 주 퍼거슨 시에서 열여덟 살 흑인 청년이
백인 경찰이 쏜 총을 여섯 발이나 맞고 숨졌습니다.

세상에 백인만 있거나 흑인만 있다면
한 가지 꽃만 있는 뜨락처럼 단조로울 텐데…
사람들은 왜 다른 이는 다른 꽃이며
세상은 다양한 꽃들 덕에 아름답다는 걸 모르는 걸까요?

무궁화와 코스모스여,
그대들의 아름다움으로 저들의 눈을 뜨게 하소서!

모기 어르신

'모기' 하면 사람을 무는 모기를 떠올리지만
국어사전엔 두 가지 '모기'가 있습니다.
첫째는 '파리목 모깃과에 속하는 곤충',
즉 우리를 물어 간지럽게 하는 모기이고,
둘째는 '여든 살에서 백 살까지의 나이'를 뜻합니다.

곤충 모기는 '모~기'라고 길게 발음하고
여든에서 백 살을 뜻하는 모기는 짧게 '모기'라고 합니다.
'모耄' 자는 '늙은이 모'로, 여든에서 아흔을 뜻하고
'기期' 자는 백 살을 뜻합니다.
'털 모毛' 자 위에 '늙을 노老' 자를 얹어 '모'라고 읽으니
사람이 늙으면 털 위에 앉을 정도로 가벼워진다는 뜻일까요?

지구엔 3천 5백 종이 넘는 모기가 있으며
사람을 비롯한 동물을 무는 모기는 모두 암모기이고
일본뇌염을 옮기는 건 작은빨간집모기인데,
알을 낳기 위해 목숨을 걸고 피를 빤다고 합니다.

건강한 젊은이는 모기에 물려도 몸져눕는 일이 드물지만
여든 넘은 어르신들이 모기에 물리면
뇌염에 걸려 생명을 잃을 수도 있습니다.
'모기' 어르신들이 '모기'에게 희생당하는 일이 없게
눈 크게 뜨고 살펴야 합니다.

글에 담기는 마음

어린 시절 동무들과 저는 어른이 되고 싶었습니다.
무엇보다 어른이 되어야 잉크를 쓸 수 있었으니까요.

그때 초등학생들은 모두 연필을 썼는데
연필을 쓰려면 우선 깎아야 했습니다.
심이 길면 쉽게 부러지고, 심이 짧으면
금세 다시 깎아야 하니 성가셨습니다.

중고등학교에 입학하면 만년필을 선물 받는 일이 많았습니다.
그때부턴 아이 취급을 하지 않겠다는 약속이었겠지요.

나이 들어가며 만년필이 여럿 생겼지만
사용하는 일은 오히려 줄었습니다.
컴퓨터 키보드를 두드려 글 쓰는 일이 잦으니
갈수록 손 글씨가 미워집니다.

흑연에서 잉크로, 잉크에서 키보드로 글 쓰는 수단이 바뀌면서
글에 담기는 마음도 바뀌는 것 같습니다.

시간이 흘러 또 다른 수단을 사용하게 되면
우리의 마음은 또 어떻게 달라질지,
마음이란 게 아직 남아 있을지,
그때 아이들도 여전히 어른이 되고 싶어할지 궁금합니다.

두 번째 엄마

8월 30일

어린 시절 저는 이모 있는 동무들이 부러웠습니다.
이모가 사준 연필을 자랑하는 아이도 있고
이모 표 리본을 보아란 듯 팔랑거리는 친구도 있었습니다.

아이를 낳은 후에야 이모를 만났습니다.
어머니의 친구 한 분이 제 이모가 되어
부족한 엄마 노릇을 도와주셨습니다.
아이는 이모할머니의 사랑을 듬뿍 받으며
행복하게 자랐습니다.

학교 주변 식당에 가면 이모들이 있습니다.
학생들이 "이모!" 하면 "응, 밥 더 줘?" 하는 이모들.
저는 학생이 아니지만 그런 이모들이 있는 식당엔
자꾸 가고 싶습니다.

이모의 '이姨' 자는 어쩌면 두 번째 엄마를 뜻하는
'이二' 자일지 모릅니다.
저도 엄마 같은 이모가 되고 싶습니다.
사랑으로 제 아이와 저를 키워주신 이모처럼
주기만 하는 두 번째 엄마가 되고 싶습니다.

새벽 우렁각시

해 뜨기 전 새벽은 하루 중 제일 어두운 시각이지만
LED 간판이 켜 있는 안경점 앞은 대낮 같고
환경미화원 몇이 모여 앉아 담소 중입니다.

막 비질이 끝난 거리는 휴지 한 조각,
담배꽁초 하나 없이 이른 아침 절 마당처럼 말끔합니다.

그 방 같은 길 위에 일회용 접시를 가운데 두고
둘러앉은 미화원들… 접시엔 무엇이 있을까요?
음료수라도 한 병 사들고 끼어 앉고 싶지만
즐거운 분위기를 깰지 모르니 조심해야 합니다.

새벽은 우렁각시들이 활동하는 시간입니다.
낮 동안 사람들과 동식물이 어지럽힌 거리도,
늦은 밤 취객들이 더럽혀놓은 골목도,
새벽이 지나면 말끔해집니다.

사는 게 힘들다고 생각하는 분들,
가끔 새벽 거리로 나가 보시지요.
소리 없이 세상을 닦는 우렁각시들을 만나 보세요.

오랜만에 사진을 찍어 보니
십 년에 한 번쯤은 사진을 찍는 게 좋겠다는 생각이 듭니다.
사진 속 얼굴을 보면
걸어온 길과 가야 할 길이 보이니까요.

'내가 지금 어디쯤 와 있는지 모르겠다,
어디로 가야 할지 모르겠다' 싶은 분들,
사진을 찍어 보세요.
'얼굴이 지도'라는 걸 알게 되실 겁니다.

9월

우리 안의 하늘

푸른 도화지 같은 하늘에
큰 붓으로 쓱쓱 그린 뭉게구름, 새털구름
아무리 올려다보아도 싫증이 나지 않습니다.

봄꽃을 보던 때처럼, 눈이 보이지 않는 분들에게 미안합니다.
배와 사과를 만져보면 거기 담긴 하늘을 느낄 수 있을까요?

긴 더위와 열기 가득한 대기 너머에서
푸른 얼굴을 닦으며 기다렸을 하늘…
수수만년 그대로 아름다운 하늘이 바람의 목소리로 말합니다.
'사람아, 네 안에도 하늘이 있단다.'

너무 덥다고, 비바람이 거세다고,
나만 힘들다고 볼멘소리를 했는데, 제 안에도 하늘이 있답니다.

여름을 견딘 나무들이 스스로에게 상 주는 계절,
하늘은 감, 대추와 함께 게으른 우리도 품어줍니다.
추수할 게 없어도 슬퍼하지 않겠습니다.

하늘이 저를 포기하지 않고 지켜봐줄 테니,
먹구름에 가려 보이지 않을 때조차
하늘은 거기 푸르게 아름다울 테니, 다시 살아야겠습니다.
저를 닦고 또 닦아 제 안의 하늘을 불러내어,
언젠가는 누군가의 하늘이 되고 싶습니다.

대학생

대학이 개강하니 동네가 살아납니다.
젊은 얼굴은 반짝이지만, 마음은 얼굴과 다를 것 같습니다.
최근 대학생들의 삶에 대한 만족도가 매우 낮고,
미래에 대해서도 비관적이라는 기사를 보았습니다.

제 젊은 시절도 다르지 않았습니다.
현실은 피곤하고 미래는 아득하여,
아르바이트를 하러 낯선 동네를 떠돌다 보면
부모님이 부자인 동급생들이 부러울 때도 있었습니다.

'산다는 건 무얼까?' '이렇게 힘들게 살 필요가 있을까?'
우울한 질문에 시달릴 때 저를 위로한 건
책 속의 친구들이었습니다.
어느 시대, 누구의 삶도 쉬운 적이 없었다는 걸
그 친구들 덕에 알았습니다.

현재에 대한 불만과 미래에 대한 비관으로 괴로운 젊은이들…
그들에게도 그런 친구들이 있었으면 좋겠습니다.
시대를 뛰어넘는 삶의 보편성을 일깨워 위로해주는
진짜 친구를 꼭 찾아내길 바랍니다.

회색

밤새 비 내리고 난 새벽, 하늘은 회색의 향연입니다.
비둘기의 날개와 고려청자와 갓 구운 기와,
그 모든 회색이 하늘을 가로지릅니다.
회색 무지개는 일곱 색깔 무지개 못지않게
아름답습니다.

회색은 노인의 색이요, 기회주의자의 색이라는 말도 있지만
저 하늘은 세파에 지친 노인도 아니고
하양과 검정 사이에서 흔들리는 기회주의자도 아닙니다.

푸른 회색이 밤새 눈물 쏟고 가벼워진 마음이라면,
먹물 닮은 회색은 겸손과 깨달음을 구하는
수도자들의 의복이겠지요.

기와빛 회색은 뜨겁게 타고 남은 시간의 그림자이고,
은빛 어린 회색은 쓰임새 많지만 위험한 납의 빛깔이자
한때는 납보다 더 위험했던 애인의 머리칼입니다.

빨강이나 노랑과 달리 홀로는 될 수 없는 회색.
회색 하늘빛이 저리도 아름다운 건
얽히고설킨 우리들의 삶을 닮아서일까요?

반지에 담긴 것

반지, 목걸이, 귀걸이, 팔찌, 발찌…
장신구 중에 가장 사랑받는 것은 반지일 겁니다.

사랑하는 사람들이 반지를 나눠 끼고
결혼을 다짐하던 때가 있었지만,
요즘엔 만난 지 한두 달 만에
커플링을 맞춰 끼는 사람들이 많다고 합니다.

반지는 둥근 고리일 뿐 바닥도 없고 뚜껑도 없지만
반지엔 어떤 그릇보다 많은 것이 담깁니다.
어떤 반지엔 영원히 사랑하겠다는 약속이 담기고
어떤 반지엔 변치 않는 우정을 바라는 염원이 담깁니다.

'이 사람은 내 사람이니 쳐다보지도 말라'는
경고를 담은 반지가 있는가 하면,
첫 돌 순금반지처럼 기도를 담은 반지도 있습니다.

어떤 백화점이 개점 30주년을 맞아
세계에 하나뿐인 반지를 전시했다고 합니다.
시가가 8억 원이나 한다는 '옐로 다이아몬드' 반지,
그 반지엔 무엇이 담겼을까요?

'어머나' 캠페인

바람이 서늘해지니 머리를 자르고 싶습니다.
그래야 목덜미를 스치는 가을바람을 느낄 수 있으니까요.

북한 지도자 김정은의 부인 이설주가 머리를 짧게 자르고
'모란봉악단' 단원들도 머리가 짧은 걸 보면,
김정은이 쇼트커트 스타일을 좋아하는 것 같다고들 합니다.

베네수엘라에서는 여성의 머리채를 잘라가는 범죄가
횡행하는데, 긴 머리를 잘라 만든 가발을 미인대회에 나가는
여성들에게 판다고 합니다. 매년 2만 개가 넘는 미인대회가
열리고, 대회에서 뽑히면 인생 역전이 가능한 나라라
그런 범죄가 유행하나봅니다.

사회를 반영하는 머리는 또 사랑을 표현하는 수단입니다.
암과 싸우느라 머리카락을 잃은 소아암 환자들을 위한
'어머나(어린 암환자를 위한 머리카락 나눔)' 캠페인.
25센티미터 이상 긴 머리카락 서른 가닥 이상을 모아
국제두피모발협회로 보내면 예쁜 가발을 만들어
소아암 환자들에게 전달한다고 합니다.

긴 머리 자르실 분들, '어머나'에 참여해보세요.
목덜미를 스치는 가을바람과 나눔의 행복을 함께 느껴보세요.

소화불량

나쁜 뉴스가 많으니 소화불량이 잦습니다.
맨 먼저 보이는 약국에 가서 늘 먹던 소화제 이름을 대자
그 약 이제 안 나온다고 퉁명스럽게 대꾸합니다.
며칠 전에 샀다고 해도 그거 안 나온다고 말꼬리를 자릅니다.

두 번째 약국에도 없지만, 세 번째 약국에는 있습니다.
세 약사 모두 친절하지 않습니다.

건강에 관한 모든 것을 '약사 선생님'에게 물어보라던
약사회 광고와 함께, 전에 살던 동네의 약국이 떠오릅니다.

약국은 작았지만 언제나 붐볐습니다.
두툼한 몸집의 아주머니 약사는 한결같이 친절했습니다.
'약사'의 '사師' 자는 '스승 사',
아무도 그분을 '선생님'이라고 부르진 않았지만
누구나 그분을 '선생님'이라고 생각했을 겁니다.

약사 중엔 '선생님'이 있고 '약장수'가 있는데,
오늘 제가 만난 약사들은 잠깐 '스승 사'를 잊은 것이겠지요?

나쁜 뉴스가 줄고 약사들이 다시 '스승 사'를
기억해낼 때까지는, 약을 줄여야겠습니다.
그렇지 않으면 약장수들 때문에
소화불량이 더 심해질 수도 있으니까요.

잠옷

여름엔 속옷 차림으로 자던 사람도
바람이 서늘해지면 잠옷을 찾습니다.
아무 옷이나 편한 것을 입고 자면 되지
굳이 잠옷을 입어야 하느냐고 하지만
늘 같은 잠옷을 입고 잠자리에 드는 사람과
아무 거나 편한 옷을 입고 자는 사람의 잠은 다를 겁니다.

잠옷은 일종의 유니폼입니다.
유니폼은 입는 사람의 몸과 마음에 영향을 끼쳐
사람들은 그 옷에 맞게 처신하는 경향이 있습니다.
그러니 늘 입던 잠옷을 입으면 자기도 모르게
잠잘 준비를 하게 되는 것이지요.

꼭 상점에서 파는 잠옷을 살 필요는 없습니다.
늘어난 티셔츠나 헐렁한 바지가 있다면
그걸 잠옷으로 삼으면 되니까요.
유일한 조건은 주머니가 없어야 한다는 것입니다.

잠은 꿈나라로 가는 짧은 여행.
몸이 가벼울수록 여행이 수월합니다.
이승을 아주 떠나는 사람들의 옷에 주머니가 없는 것도
같은 이유이겠지요.

검은 머리 미역국

검게 빛나던 아이의 머리에 서리가 앉더니
머리숱도 줄어듭니다. 미역국을 먹여야겠습니다.

쇠고기 미역국에 조선간장으로 간을 맞추니
아이 낳고 먹던 어머니의 미역국입니다.

오빠가 입학시험을 치러 가던 날,
머리가 맑아지고 소화가 잘 된다며
미역국을 끓여주신 어머니…
시험 치는 날 미역국을 먹으면 낙방한다는 말을 뒤늦게 듣고
가슴을 졸이셨지만, 오빠는 시험에 붙었습니다.

'미역국 먹는다'는 말이 실패를 뜻하게 된 건
일제 때문이라고 합니다.
일제가 조선 군대를 '해산'시켰을 때, 절망한 우리 백성 사이에서
'군대를 해산했으니 미역국 먹었다'는 말이 유행했다고 합니다.
군대 '해산'과 아기 낳는 '해산'의 발음이 같아
그런 자조적 표현이 나온 것이겠지요.*

그러나 미역국은 실패의 상징이 아니고 사랑이며 기도입니다.
영양 많은 미역국이 생일 국이 된 건 우연이 아닙니다.
탈모의 계절이라는 가을, 미역국을 먹은 아이의 머리가
미역을 닮아갔으면 좋겠습니다.

*박영수 《대한유사》

추석 소원

햅쌀을 사고 토란을 벗기고
송편을 빚고 전을 부치며,
토란국을 좋아하시던 할머니
깨 송편을 좋아하시던 어머님을 생각합니다.

가신 님들 무덤과 주변의 풀을 깎다 보면
꼭 그분들의 머리를 깎는 것 같습니다.
무덤 앞에 두루 모여 절을 올리면
재잘거리던 새들도 잠시 조용합니다.

이 세상, 저 세상, 곳곳에 흩어졌던 가족들이
한 자리에서 반갑게 해후하는 날,
남자들은 편히 앉아 술잔을 기울이고
여자들만 부엌에서 기름 냄새를 맡는다면
절반은 행복하고 절반은 불행한 추석이겠지요.
인구의 절반은 여성이니까요.

남녀노소 합심하고 합력하여 차례상을 차리고
소원을 빌어보세요.
차례상에 감동하신 조상님들이 그 소원,
틀림없이 이루어주실 겁니다.

얼굴 지도

사진 찍는 것을 좋아하지 않지만
어쩌다 한 번은 사진 속 사람이 됩니다.
얼마 전에도 사진을 찍어야 할 일이 있었습니다.

십 년 전에 찍은 사진 속 얼굴만 보다가
십년어치만큼 늙은 얼굴을 보았는데,
제겐 낯선 그 얼굴이 다른 사람들에겐 낯설지 않겠지요.
곳곳이 주름인데, 웃을 때 왼쪽 눈가에 잡히는 주름이
제일 깊었습니다. 늙긴 했지만 나쁜 사람 같아 보이진 않아
그나마 위로가 되었습니다.

오랜만에 사진을 찍어 보니
십 년에 한 번쯤은 사진을 찍는 게 좋겠다는 생각이 듭니다.
사진 속 얼굴을 보면
걸어온 길과 가야 할 길이 보이니까요.

'내가 지금 어디쯤 와 있는지 모르겠다,
어디로 가야 할지 모르겠다' 싶은 분들,
사진을 찍어 보세요.
'얼굴이 지도'라는 걸 알게 되실 겁니다.

물론 사진을 편집하는 건 반대합니다.
그러면 '사진이 사기'가 되고,
지나온 길, 가야 할 길 모두 엉망이 될 테니까요.

마음 다림질

9월 20일

여름옷은 빨아 말려 바로 입지만
가을 겨울 모직 옷은 세탁이 어려우니
구겨지면 다려 가며 입습니다.

헌옷도 다려 입으면 새 옷 같은데,
잘 다린 옷을 입은 사람을 보면 궁금합니다.
직접 다렸을까, 누가 다려주었을까?

가족의 옷을 다릴 때는 누구나
'이 옷이 입는 이를 보호해주기를!' 하고
기도하는 심정이 될 겁니다.

옷을 다리다 보면 가끔
병원에 가서 주름살을 없애는 사람들이 떠오릅니다.
아무리 다려도 헌옷이 새 옷 되지 않듯
주름을 지운다 해도 아주 사라지지는 않겠지요.

주름진 얼굴은 헌옷처럼 편하니 그냥 두고
마음의 주름살이나 지웠으면 좋겠습니다.
마음 구석구석 구겨진 부분을 판판히 펴서
새 도화지처럼 만들어 주는 다리미,
그런 다리미가 있으면 얼마나 좋을까요?

불을 끄고 별을 켜서

매달 22일은 '행복한 불끄기' 날입니다.
오후 8시에서 9시까지 가정, 가게, 회사들 모두
전등과 간판의 불을 끄는 날입니다.

전등 아래서는 예쁘지 않은 사람도
촛불 빛에선 아름답고
형광등 밑에서는 소리치던 사람도
촛불 앞에 앉으면 도란거리게 됩니다.

전등과 텔레비전과 컴퓨터를 끄고
어두운 하늘을 올려다보세요.
불빛에 가려 보이지 않던 별들을 보며
우리가 살고 있는 지구를 생각해보세요.
얼마나 먼 시간과 공간을 지나
지금 여기서 만났는지 생각해보세요.

전기는 편리하지만 편한 게 꼭 좋은 것은 아닙니다.
밤이 지금처럼 밝지 않았다면
사람들이 밤새워 돌아다니는 일도 적었을 거고
잘 시간에 자지 않아 병나는 사람도 적었을 테니까요.

'행복한 불끄기'는 단순한 전기 절약운동이 아닙니다.
불을 끄고 별을 켜서 모두가 잠시 행복해지는 약속입니다.

여권

해외여행이 국내여행과 다른 점은
세계 어디를 가든 여권이 있어야 한다는 것입니다.

세계경제포럼이 조사한 세계여권지수를 보면
한국인의 여권은 지구촌에서 세 번째로 힘 있는 여권,
영국, 스위스, 프랑스 등과 동급입니다.
여권의 힘이 제일 센 나라는 독일과 스웨덴이고
미국은 5위 그룹, 일본은 6위 그룹에 속합니다.

여권의 힘이 세다는 건
비자 없이 갈 수 있는 나라가 많다는 뜻입니다.
독일과 스웨덴 여권을 갖고 있으면
세계 158개 나라를 비자 없이 갈 수 있습니다.

한국 여권으로는 156개 나라를 비자 없이 갈 수 있지만
북한 여권으로는 38개국밖에 갈 수가 없고,
여권지수가 가장 낮은 아프가니스탄 여권으로는
23개 나라만 비자 없이 갈 수 있습니다.

여권 덕에 해외로 떠나는 사람들이
적어도 한 가지씩 배워오면 좋겠습니다.
그러면 한국의 힘도 한국의 여권만큼 강해지지 않을까요?

양파 눈물

눈물이 나오지 않아 고생하는 사람이 많습니다.
눈이 건조해 따갑다고 호소하는 어른들,
컴퓨터와 스마트폰 때문에 눈이 뻑뻑하다는 젊은이들…
너 나 할 것 없이 인공눈물을 넣지만
인공눈물을 자주 넣으면 부작용이 생길 수 있다고 합니다.

안구건조증에 제일 좋은 약은 양파입니다.
구릿빛 베일 아래 빛나는 하얀 피부는 아기처럼 어여쁘지만
제 몸에 칼 대는 사람은 누구나 눈물을 쏟게 하니까요.

양파를 썰며 눈물을 흘리다 보면
메말랐던 감정이 살아납니다.
이십 년 전에 저 세상으로 간 친구가 생각나고
자꾸 쇠잔해가는 부모님도 생각납니다.
'이렇게 살면 안 되겠다, 좀 더 사랑해야겠다.'
마음을 다질 때도 있습니다.

요즘 값싸고 맛좋은 양파가 지천입니다.
안구건조증으로 고생하신다면
인공눈물 대신 양파를 사세요.
눈과 함께 마음까지 씻어 보세요.

아름다운 순환

추석 지나고 며칠, 골목길엔 명절 때 오간
선물상자들이 보입니다. 한우세트, 비누세트, 과일세트…
이른 아침, 수레를 끌고 온 할아버지가 분주합니다.

선물을 받으면 기분이 좋다지만 저는 가슴이 뭉클합니다.
바쁜 일상 중에 저를 생각하고, 무엇을 보내줄까 고민하고,
시간을 내어 선물을 만들거나 사서 포장하고 보내고…

돈 많고 힘 센 사람들이 주고받는 선물 중엔 뇌물이 많다지만,
저 같은 사람에게 오는 선물은 오롯이 사랑이니,
선물을 풀 때면 '내가 이 사랑을 받을 자격이 있는가?'
자문하게 됩니다.

그러니 선물은 거울이고 채찍이고 빚입니다.
선물 보낸 사람을 실망시키지 않으려면
어제보다 오늘, 오늘보다 내일, 나아져야 합니다.

선물 받은 사람들이 모두 선물 값을 하려 하면
선물하는 사람들이 늘어나고,
선물하는 사람이 늘면 받는 사람도 늘어날 테니,
그 아름다운 순환 덕에 세상도 지금보다 따뜻해지겠지요.

할아버지도 이런 상상을 하신 걸까요?
상자를 접어 얹는 모습이 오늘따라 행복해 보입니다.

햅쌀에선 햇살 냄새가 납니다.
쌀을 씻다 보면 '썩썩 씻어야 밥이 차지게 된다'던
어머니가 생각나 손에 힘을 주게 됩니다.

젊은이의 나날을 지탱하는 게 지식과 정보라면
나이 든 사람의 하루는 추억 덕에 풍요롭습니다.

가을은 어머니의 계절입니다.
사랑을 추억하는 시간입니다.

10월

남산

오랜만에 남산에 갑니다. 해발 262미터…
구순이 멀지 않은 어머니와 남산 순환버스를 탑니다.

버스가 나뭇잎 터널을 통과할 때
어머니가 혼잣말을 하십니다.
"다른 세상으로 가는 것 같네."

N서울타워에 가려면
버스에서 내려 조금 걸어야 합니다.
어머니의 속도에 맞추느라 천천히 걷습니다.

걸음도 빠르고 몸도 잰 것으로 유명하던 어머니…
학부모 달리기 시합에서 우승해
양은 냄비나 플라스틱 바가지를 타오던 분인데
걸음이 느려지니 세상이 달라 보이나 봅니다.
주변 풍경을 보며 연신 감탄합니다.

걸음만 늦춰도 보이는 게 이렇게 많은데
한자리에서 꼼짝하지 않는 남산은
얼마나 많은 것을 보았을까요?
문득 궁금합니다.

책이 말을 걸 때

책 읽는 재미를 알게 해준 아버지가 돌아가시고 나니
책들이 말을 걸어옵니다.

'생자필멸 회자정리生者必滅 會者定離'를 속삭이는 책,
무한한 우주 속 죽고 사는 일의 사소함을 일깨우는 책,
책의 도움으로 사별의 슬픔을 받아들입니다.

어려서도 지금처럼 방안퉁수였지만
《십오 소년 표류기》처럼 모험 가득한 책을 좋아했습니다.

《걸리버 여행기》를 읽으며 보이지 않는 세상을 그리고,
《흙》을 읽으며 사회 개량을 꿈꾸고,
《개선문》을 읽으면서 의사가 되겠다고 마음먹었습니다.

모험가도 사회운동가도 의사도 되지 못했지만,
책에서 만난 사람들과 아버지가
오늘의 저를 만들었습니다.

제가 이곳을 떠난 후
누군가 저와의 사별을 슬퍼한다면
책에서 위로받으라고 말해 주고 싶습니다.
모든 책은 과거이지만
현재와 미래를 살아갈 힘은 과거에서 오니까요.

새벽에 깨어 있는 곳

10월 5일

한밤이나 새벽에 깨어 있는 곳이
편의점만은 아닙니다.

아픈 사람들이 모여 있는 종합병원도
스물네 시간, 불이 꺼지지 않습니다.
고통은 시계를 보지 않고 찾아오니까요.

생로병사라는 말이 의미하듯
병과 고통은 삶의 일부입니다.
늙은 사람이나 젊은이나 어린이나
누구나 가끔은 병이 납니다.

어린이는 아픔을 겪으며 성장하고
젊은이는 아픔을 통해 성숙하고
노인은 아플 때 지나온 길을 돌아봅니다.

깊은 밤, 이른 새벽,
불 켜진 병원을 보며 기도합니다.
견딜 만큼만 아프기를,
아픈 만큼 성숙해지기를,
오늘 아픈 사람은 내일은 부디 아프지 말기를!

감마다 노을

시월이 오니 감마다 노을입니다.
작년엔 탐스런 열매들이 주렁주렁 열렸는데
올해는 열매도 적고 크기도 작습니다.

수십 년 세상살이에서 얻은 결론을 되새깁니다.
'사람은 선악을 따지나 우주는 균형을 지향한다'는 것이지요.
작년에 풍년 들어 많이 먹은 감,
올해는 조금 열렸으니 조금 먹으면 됩니다.

한쪽에선 세상이 악화일로라고 탄식하고
한쪽에선 세상이 아직 살 만하다고 웃습니다.
어떤 이는 사기꾼 천지가 되었다고 한탄하고
어떤 이는 아직 착한 사람이 많다고 감탄합니다.

선과 악, 사기꾼과 착한 사람, 그 총량을 달아보면
작년엔 많고 올해엔 적은 감처럼 균형을 이룰지 모릅니다.
그러니 중요한 건, 사기꾼과 착한 사람,
작년과 올해 열린 감의 개수가 아니고
내가 어떤 사람인가, 감이 잘 익었는가이겠지요.

하루의 아름다움은 노을에 있고, 시월은 한 해의 노을입니다.
알마다 어여쁜 감처럼
겉모습과 속내 두루 아름답게 노을 지고 싶습니다.

한글날

한글날은 국경일이지만
한글을 생각하면 마음이 아픕니다.
자식을 사랑하지만 자식에게서 사랑받지 못하는
늙은 부모 같다면, 지나친 말일까요?

국어보다 외국어를 잘해야 칭찬하는 한국 사회에서
영어에 밀리고 한자에 치이고 스마트폰에 왜곡되는 한글…
1443년 백성을 사랑하는 임금 덕에 태어나
500여 년 사랑받던 한글이 왜 이렇게 홀대받는 걸까요?

한글은 하늘(ㆍ), 땅(ㅡ), 사람(ㅣ)을 근본으로 삼는데,
그런 것이 중요하다고 생각하는 한국인이
갈수록 줄어들기 때문일까요?

디지털 시대에 오히려 과학성을 인정받은 한글,
2014년에 한글박물관이 문을 열었지만
한글이 있어야 할 곳은 박물관이 아니고
우리의 입과 손입니다.
사랑밖에 모르는 부모 같은 한글,
바르게 쓰는 것이 보답하는 길이겠지요?

커피, 카페

안개 잦은 계절엔 커피가 맛있지만
좋은 카페를 찾기는 쉽지 않습니다.
분위기가 그럴 듯하면 커피가 맛이 없고
커피 맛이 괜찮다 싶으면 음악이 소음인 경우가 많으니까요.

단골로 다니던 동네 카페가
갈수록 청소를 게을리 하니 갈 수가 없습니다.
유명한 프랜차이즈 카페는
바리스타에 따라 커피 맛이 들쑥날쑥하니
커피 만드는 사람을 문 밖에서 확인한 후
들어가거나 돌아섭니다.

추억 속 카페들이 떠오릅니다.
출근 길 무거운 발걸음을 위로하던 작은 카페의 커피 향기,
손님이 많을 때도 정성껏 만들어주던 라테 아트…
그때 그 커피 맛이 아직도 기억나는 건
커피에 담겨 있던 마음 때문이겠지요.
마음 없이는 맛도 없습니다.
엄마 음식이 세상에서 제일 맛있는 까닭입니다.

카페 하는 분들, 향기로운 커피와 음악으로
누군가의 추억이 되어 보세요.
사람들은 추억을 만들며 살거나 추억 속에 살고
돈은 그 사람들의 주머니에 있으니까요.

손톱이 자라네

마음은 자라지 않아도 손톱은 자랍니다.

머리카락은 한 달에 보통 1.2센티미터 자라고
손톱은 한 달에 3밀리미터씩 자란다고 하니
우리 몸에서 제일 빨리 자라는 건 머리칼,
그 다음이 손톱이겠지요.

머리카락은 바로 자르지 않아도 큰 불편이 없지만
긴 손톱을 깎지 않으면 불편하고도 위험합니다.
게다가 '손톱 자랄 새 없이' 일하며 사신 어머니들을 생각하면
자꾸 길어지는 제 손톱이 부끄럽습니다.

수삽 년 해온 일이지만 손톱 깎기는 쉽지 않습니다.
너무 깊이 깎아 쓰라리거나 염증이 생길 때도 있고,
손톱 끝이 뾰족뾰족한 톱니가 되어
옷이나 스타킹을 상하게 하는 일도 흔합니다.

손톱은 자라지 않고
마음만 자랐으면 좋겠습니다.
소설 속 '키다리 아저씨'처럼
크고 따뜻한 마음이 되고 싶습니다.

일주일

일주일은 7일, 168시간에 불과하지만
온갖 변화가 일어나기에 충분합니다.
불화살 같던 햇살이 담요처럼 푸근해지는가 하면
존경 받던 대학교수가 조롱거리가 되고,
용감한 소방대원이 불귀의 객이 되기도 합니다.

일주일을 나타내는 영어 단어 'week'가
변화를 뜻하는 독일어에서 나온 것은
일주일 동안 일어날 수 있는 변화가
무궁무진하기 때문일지 모릅니다.

변화는 늘 일어나지만 유독 적응하기 힘든 것들이 있습니다.
가장 이해하기 어려운 건 사람의 변화인데,
겉모습의 변화보다 더 놀랍고 납득하기 어려운 건
마음의 변화입니다.

마음이 변했을 때는 설명을 해주어야 합니다.
변하지 않은 마음이 변한 마음 때문에
일주일, 또 일주일, 괴로움에 시달리지 않게,
어떤 일주일도 상처로 남지 않게….

시내버스 사고

어머니와 시내에 나갔다 돌아오는 길,
버스가 급정거하는 바람에
버스 바닥에 나가떨어지고 말았습니다.

주변 사람들은 버스회사에 연락해서
치료비와 위로금을 받아야 한다고 했지만, 그만두었습니다.
부상이 가벼운 데다, 그렇게 하면
기사에게 불이익이 간다는 얘길 들었습니다.

시내버스 교통사고는 해마다 느는데
일 년에 약 6천 여 건이 발생해 1만여 명이
죽거나 다친다고 합니다.

어머니와 저는 가벼운 부상에 그쳤지만,
운이 나빴으면 훨씬 더 심각한 일이 일어날 수도 있었겠지요.
그랬으면 저희 모녀는 물론이고
버스 기사와 그 가족들에게까지 불행의 여파가 미쳤을 겁니다.

버스에서 기사는 신神과 같습니다.
그의 손에 수많은 사람의 운명이 달려 있으니까요.
기사들이 꼭 그 사실을 기억해 주길 바랍니다.

햅쌀 햇살

햅쌀에선 햇살 냄새가 납니다.
쌀을 씻다 보면 '썩썩 씻어야 밥이 차지게 된다'던
어머니가 생각나 손에 힘을 주게 됩니다.

현미는 햇살 알갱이 같습니다.
물에 씻긴 현미는 어릴 때 본 초가집 지붕 빛깔이지요.

갈수록 옛 기억은 선명해지고
새 것을 기억하기는 어려워지지만,
젊은이의 나날을 지탱하는 게 지식과 정보라면
나이 든 사람의 하루는 추억 덕에 풍요롭습니다.

흰쌀밥엔 묵은 김치가 제격이고
현미밥은 상추와 잘 어울립니다.
가을 햇볕이 덮혀 놓은 마루에 앉아
상추쌈을 먹습니다.

한입 가득 쌈밥을 씹다 보면
'많이 먹어라, 내 새끼!' 하시던
어머니의 목소리가 들리는 듯합니다.
가을은 어머니의 계절입니다.
사랑을 추억하는 시간입니다.

배낭의 헤아림

10월 20일

요즘 아침저녁 지하철엔 커다란 배낭을 지고
단풍 구경 가는 사람들이 적지 않습니다.

배낭은 아주 오래 전
사냥감을 운반하려 메기 시작했을 거라는데
요즘은 남녀노소 누구나 지고 다닙니다.
손으로 들기엔 무거운 짐도 배낭에 넣어 어깨에 메면
훨씬 쉽게 옮길 수 있으니까요.

그러나 세상에 좋기만 한 것은 없습니다.
지고 다니는 사람을 편하게 하는 배낭도
다른 사람의 불편을 초래하는 일이 많습니다.

지하철이나 버스에선 배낭을 앞으로 돌려 메면 어떨까요?
배낭 메고 놀러갈 때 출퇴근 시간을 피해 지하철을 타면
부러움이나 비난의 눈총을 피할 수 있겠지요.

단풍을 보고 돌아오는 길, 잎 떨구는 나무들에게서
가벼워지는 법을 배우고 오면 좋겠습니다.
다음엔 작은 배낭을 메고 나뭇잎처럼 가볍게 떠날 수 있게!

구두약 같은 사람

'약'은 보통 병을 고치거나 증세를 완화시키지만
쥐약이나 독약처럼 생명을 죽이는 약도 있고
구두약이나 치약처럼 실용적인 약도 있습니다.

구두약은 구두의 가죽을 보호하거나
윤기를 더하기 위해 사용되는 등 쓰임새가 정해져 있지만
치약의 용도는 훨씬 다양합니다.
이를 닦을 때는 물론, 욕조나 변기 등
도기의 때를 벗길 때도 좋고
해충을 방지하는 데도 효과적입니다.

생명을 살리는 약 같은 사람이 되지 못한다면
구두약이나 치약 같은 사람이 되어도 좋을 것 같습니다.

요즘은 소위 멀티태스킹 시대라 해서
치약처럼 여러 가지 일을 하는 사람들이 박수를 받지만,
한두 가지 일에 매진하는 사람들이 없으면
세상은 닻 없는 배처럼 떠돌 겁니다.

혹시 주변에 구두약 같은 사람이 있거든
답답하다 마시고 격려해 주세요.
그 사람 덕에 빛나는 것이 있음을 기억해 주세요.

오늘이 모여

1916년 오늘, 미국의 간호사 마가렛 생어는
미국에서 '산아 제한' 진료소를 시작했고,
1950년 오늘, 테레사 수녀는 인도 콜카타에
'사랑의 선교회'를 열었습니다.

생어가 역사상 최초로 산아 제한을 부르짖지 않았다면
인구가 훨씬 빠르게 늘었을 거고,
테레사 수녀가 사랑의 선교회를 열지 않았다면
사람들은 지금보다 사랑을 표현하는 데 서툴렀을 겁니다.

우리 한국인들에게 10월 26일은 결의를 다지는 날입니다.
1909년 오늘, 안중근 의사가 일제의 선봉 이토 히로부미를
중국 하얼빈에서 저격해 죽게 했으니까요.

그런가 하면 오늘은 비극의 날입니다.
18년 동안 권좌에서 머물던 박정희 대통령이
측근인 김재규 씨의 총에 맞아 타계한 날이니까요.

'오늘'이 모여 역사가 됩니다.
우리는 지금 어떤 역사를 만들고 있을까요?

라면 끼니

10월 27일

찬바람이 부니 라면이 생각납니다.
꼬불꼬불한 국수가 끓는 물에서도 퍼지지 않는 게
언제 보아도 신기합니다.

1963년 삼양라면이 일본에서 기술을 도입해
처음으로 라면을 생산했다고 합니다.
당시 한 봉지 값은 십 원이었지만 이젠 천 원 넘는
라면도 많고, 봉지라면은 물론 컵라면, 도시락라면 등
종류가 다양해서 '골라 먹는 재미'가 있습니다.

일본라면은 대개 간장소스를 써서 국물이 누르스름하지만,
우리나라엔 고춧가루를 넣은 빨간 라면이 많습니다.
뜨겁고 맵싸한 라면은 여름엔 이열치열 식품으로,
가을부터는 추위를 쫓는 별미로 인기가 높습니다.

여유 있는 사람들에게 라면은 어쩌다 한 번 먹는 별식이지만
돈 없는 사람들에겐 밥을 대신하는 끼니입니다.
라면 하나로 하루를 버티는 사람들이 있고,
라면으로 연명하며 밥 먹기를 소원하는 아이들도 있습니다.

언제쯤이면 라면이 '골라 먹는 재미'가 있는,
국민 모두의 별식이 될 수 있을까요?
그날이 어서 왔으면 좋겠습니다.

190

느티나무

골목길 느티나무에 단풍이 들고 있습니다.
머리 꼭대기에서 시작된 붉은 빛은 느리게 흘러,
높은 곳의 잎들은 붉어도 아래 잎들은 아직 푸릅니다.

꼭대기의 잎들이 낮은 잎들보다 먼저
아름답게 물드는 건 왜 그럴까요?
그 잎들이 더 먼 곳과 더 높은 곳을 보며
더 아름다워지기 위해 노력하기 때문일까요?

골목을 오가는 많은 사람들이 느티나무 그늘을 지나가지만
느티나무의 단풍은 아직 비밀입니다.
사람들은 거의 예외 없이 휴대전화나 땅을 보며 걸을 뿐
위를 올려다보진 않으니까요.

우리들 눈에 삶의 신비로운 비밀들이 보이지 않는 건
어쩜 우리의 시선이 너무 낮은 곳에
머물기 때문일지 모릅니다.

잠깐 고개를 들어야겠습니다. 바래가는 푸른 잎과
그윽한 단풍잎이 어우러진 느티나무를 보며, 화가의
팔레트처럼 아름다운 세상의 비밀을 찾고 싶으니까요.

마늘, 생강을 다지고
쪽파와 갓을 썰어 한입 크기로 썹니다.
하얀 무채에 양념 젓국을 섞어 버무리니
김칫소 향기가 집 안을 채웁니다.

양념은 짜고 매워도 배추는 말이 없습니다.
예쁜 아이 미운 아이 고루 사랑하는 어머니처럼
배추는 조용히 안아줄 뿐입니다.

11월

경찰관과 소방관

11월 1일

경찰의 신뢰성을 부각시키고
'미래 지향적 이미지'를 구현하기 위해
경찰관의 옷을 바꾼다고 하지만 시민들은 시큰둥합니다.
경찰관의 옷을 바꿀 돈이 있으면
소방관 수를 늘리고 방화복과 안전장비를 사는 데
써야 한다고 생각하는 시민이 많습니다.

현장에 투입되는 소방관 수가 기준인력에 미치지 못하니
소방관 한 명이 두 사람 몫을 하는 일이 흔하고
그러다 보면 사고율이 높아질 수밖에 없다고 합니다.

정상적 방화복의 지급률이 65퍼센트에 불과하고
소방관들이 장갑이나 헬멧 등 안전장비를
자기 돈으로 사서 쓰는 일도 적지 않다고 합니다.

소방관과 경찰, 모두 시민을 위해 일하는 공무원인데,
누구는 현재 살아남기에도 부족한 옷을 입고
누구는 미래 지향적 새 옷을 입는다면
신뢰는커녕 분열을 피하기 어렵겠지요.

경찰관의 옷과 소방관의 장갑,
지금 세금으로 사야 할 것은 무엇일까요?

광주의 학생들처럼

광주학생독립운동이 일어난 지 90년이 되어갑니다.

우리나라가 일본의 식민지였던 1929년 10월 30일 오후, 광주를
떠난 기차가 나주역에 도착하자 기차에서 내린 일본인 중학생이
조선인 여학생들의 댕기를 잡아당기며 희롱했고, 조선 남학생들이
이를 저지하면서 두 나라 학생들 사이에 편싸움이 벌어졌습니다.
두 나라 학생들은 다음날 오후 기차에서 다시 충돌했고,
이 사건으로 촉발된 항일 시위는 점차 더 널리 더 거세게 퍼져나
갔습니다. 11월 3일, 일본의 4대 명절 중 하나인 명치절에 일제는
광주 시내 모든 중등학교에 휴교령을 내렸습니다. 광주학생독립
운동은 이듬해 3월까지 계속됐고, 전국 194개 학교 5만 4천여 명
의 학생들이 참여했다고 합니다.

1953년 10월, 우리 정부는 이 운동의 중요성을 인정하고,
11월 3일을 '학생의 날'로 정해 기념하기 시작했으나,
1970년대 초 박정희 대통령의 유신체제에서 학생들의 반정부
운동이 확산되자, 1973년 3월 '학생의 날'을 폐지했습니다.
그러나 정권이 바뀌면서 '학생의 날'은 부활했고,
2006년부터는 '학생독립운동기념일'로 명칭이 바뀌었습니다.

요즘 일본에서는 제국주의의 부활을 꾀하는 듯한 언행이
계속되고 있습니다. 우리 학생들이 그것을 알고나 있는지,
혹시라도 다시 나라의 자존이 위협당할 때 1929년
광주의 학생들처럼 나가 싸울 수 있을지, 궁금합니다.

집

'쨍그랑' 소리에 놀라 창가로 가니
인부들이 건너편 주택의 유리창을 깨고 있습니다.
얼마 전부터 인기척 없이 새와 고양이들이 들락거리더니
아름답게 바랜 벽돌집이 헐리나 봅니다.

인부들이 마당에 선 감나무의 주홍 감을 따고 나자
녹색 철문이 철거되고 굴착기가 집을 부수기 시작합니다.
수십 년 묵은 집이 사라지는 데 반나절도 걸리지 않습니다.
저 집에 살던 사람들이 저 광경을 보지 않아 다행이라는
생각이 들고, 사람의 생애나 집안이나 나라나
세우긴 어려워도 무너지는 건 순간이라는 말이 실감납니다.

이제 이 동네에 단독주택은 두 채뿐입니다.
집 없는 사람 많은 나라에서 너른 집에 사는 것은
미안한 일이겠지요. 큰집 하나 자리에 육, 칠층 건물이 서면
열 가구 넘게 집을 갖게 되니까요.

실용과 합리의 기준으로 보면 한 집을 헐어
여러 집을 세우는 게 옳겠지만, 마음이 스산합니다.
주택과 함께 사라지는 마당, 마당과 함께 사라지는 나무,
흙, 벌레… 사라지는 것들이 마음을 아프게 하는 건
우리도 머지않아 사라질 존재이기 때문일까요?

진짜 유산

아버지가 돌아가시고 두 달이 되어갑니다.
유언도 유서도 남기지 않으셨지만
생전의 말씀이 모두 유언이고 유산입니다.

"순경順境에 근신하고 역경을 발전의 계기로 삼아라."
"좋아서 하는 일도 건강을 해칠 수 있으니 늘 절제하라."
"모든 상대는 흐르는 물과 같다. 소유욕을 버리고 항상 초연하게
대하라."

'금 수저' '흙 수저'라는 말이 유행하는 시대,
자녀에게 재산을 남겨주려 애쓰는 부모는 많아도
지혜의 말을 해주는 사람은 드뭅니다.

돈은 몸 밖에 머물고 말은 마음에 깃드는 것,
오늘부터라도 쓸데없는 말을 줄이고
꼭 필요한, 의미 있는 말만 해야겠습니다.
언제 어디서나 도움이 되는 진짜 유산을 주고 싶으니까요.

낙엽 편지

낙엽은 기억 창고를 여는 열쇠입니다.
낙엽 깔린 십일월 거리에서
십 년 전 여름으로 날아가는 사람도 있고
이십 년 전 겨울 속을 헤매는 사람도 있습니다.

그러나 어떤 사람들에게 낙엽은 미래로 가는 차표입니다.
지금 낙엽을 집어 책장 사이에 꽂으면
먼 훗날 언젠가 낙엽 책갈피에서
오늘의 자신을 만나게 될 테니까요.

오늘은 남은 생애에서 제일 젊은 날…
지금 책장 사이에 꽂는 낙엽은
젊은 내가 낙엽이 되어가는 내게 보내는 거울입니다.

낙엽만큼 아름답게 물들고 있는지 비춰 보라고,
낙엽만큼 사랑하며 시들고 있는지 들여다보라고
내가 내게 보내는 편지입니다.

요 뗏목

아우에게서 요를 선물 받았습니다.
앞면엔 커피색과 바랜 하늘색 꽃들이 어우러지고
뒷면은 온통 갈대 빛입니다.

요 위에 누워 눈을 감으면
뗏목을 타고 잔잔한 물 위에 떠 있는 기분이 듭니다.

생각해 보면 여러 개의 뗏목을 타고
지금 이곳에 이르렀습니다.
아깃적엔 손수건 두어 개만한 요에 누워 엄마를 기다렸고,
몸이 자라면서 요도 함께 커졌겠지요.

예전 어머니들이 결혼하는 딸을 위해 요를 지을 때는
너무 크지도 않고 너무 작지도 않게 만들려 애썼다고 합니다.
부부가 함께 쓰는 요가 너무 크면 둘 사이가 멀어지고,
너무 작으면 불편해서 안 된다는 것이지요.

이젠 대개 요 아닌 침대를 사고, 침대도 큰 침대를 좋아하지만
요즘 이혼율이 옛날보다 높아진 건 너무 큰 침대가
부부 사이를 멀어지게 했기 때문일지 모릅니다.

다가오는 겨울엔 침대 대신 요 뗏목을 타고
인생이라는 항해를 가끔 돌이켜 보면 어떨까요?

대사

여러 나라에 나가 한국을 대표할 대사들이 바뀌었습니다.
대사의 임무는 외교로 국익을 최대화하고,
조국의 이미지를 바람직하게 형성하는 것이니
힘들어도 영광스러운 일입니다.

어떤 '대사' 노릇은 나라 안에서 하는데
힘들 뿐만 아니라 억울할 때도 많습니다.
예를 들면, 일하는 여성은 아직도
사회에서 여성 일반을 대표하는 '대사'입니다.
그 사람이 일을 잘하면 '여자들도 일을 잘한다'고 하지만
그 사람이 일을 못하면 '여자들은 일을 못한다'고 합니다.

젊은이와 노인도 마찬가지입니다.
젊은이 하나가 무례하면 '요즘 애들은 버릇이 없다'고 하고,
노인 한 사람이 억지를 부리면
'나이 들면 다 골통'이라고 합니다.

결국 우리는 각기 성과 나이와 정체를 대표하는 대사인데,
얼마나 시간이 흘러야 이런 일반화 풍조가 사라지고
원치 않는 '대사' 노릇을 그만둘 수 있을까요?
그런 날이 어서 왔으면 좋겠습니다.

신발 바닥에 붙은 낙엽

신발 바닥에 붙어 잘 떨어지지 않는 낙엽을 보면
피식 웃음이 나옵니다.
일본에서는 은퇴 후 아내만 졸졸 따라다니는 남편을
'젖은 낙엽'이라고 한답니다.
젖은 낙엽처럼 좀체 떨어지지 않는다는 것이지요.

아내들은 대개 그런 남편을 좋아하지 않습니다.
평생 남편과 자녀들을 뒷바라지했으니
이제 좀 마음대로 살고 싶은데,
남편이 계속 귀찮게 하니 벗어나고 싶은 거지요.

결혼한 지 20년 넘은 부부가 헤어지는 '황혼이혼'이
요즘 우리나라 이혼부부 10쌍 중 3쌍이나 된다고 합니다.

오슬오슬 춥던 봄, 천둥 번개 무섭던 여름,
함께 웃고 울며 나이든 부부가 아름다운 황혼에
헤어지는 것은 안타깝습니다.

남편이 싫거나 아내가 밉거든
낙엽 깔린 길을 둘이서 걸어 보세요.
지금 여기에 이를 때까지 내가 이 사람에게
무엇을 해주었나 생각해 보세요.
정말 온 마음으로 사랑했던가, 자신에게 물어 보세요.

옷과 교양

시민들의 옷차림을 보면 서울은 도시가 아니라 산입니다.
도심이든 변두리든 등산복 차림으로 다니는 시민이 흔합니다.
왜 등산복을 입고 다니느냐고 물으면 '편해서'라고 합니다.

그래서인지 등산복을 입은 사람들 중엔
편하게 행동하는 사람이 많습니다.
움직임도 거침없고 말도 큰소리로 합니다.

연애하던 시절이 떠오릅니다.
평소엔 신사답던 애인이 예비군복을 입으면 달라졌습니다.
입은 옷에 따라 행동이 달라진다는 것,
'의상심리'라는 용어가 있다는 걸 그때 처음 알았습니다.

편한 것도 좋지만 편한 게 다는 아닙니다.
동물 중에 사람만 입는 옷,
어디에서 무슨 일을 하는가에 따라
거기 맞는 옷을 입는 게 교양입니다.

외국의 미술관과 박물관에 등산복 차림으로 간 한국인들이
'등산복을 입었으면 산에 가지, 왜 여길 왔느냐?'는 질문을
받는다고 합니다.
수영하는 곳에서 수영복을 입듯이
등산할 때만 등산복을 입으면 좋겠습니다.

귀는 물음표를 닮았네

기온이 내려가니 귀마개를 한 사람들이 보입니다.
귀를 따뜻하게 하면서 소음으로부터 보호할 수도 있으니
저도 해보고 싶습니다.

사람의 귀는 '물음표(?)'와 닮았는데요.
누군가 귀 모양을 본떠 물음표를 만들었을지도 모릅니다.

세상에 태어나는 아기들은 귀에 들리는 소리를 듣고
저 소리가 무슨 소리일까 물으면서 학습을 시작합니다.

의식 없이 누워 있는 환자도 소리는 듣는다고 하고,
세상을 떠날 때 마지막까지 기능하는 신체기관이
귀라고도 하니,
어쩌면 귀는 삶이라는 무대를 열고 닫는 커튼입니다.

종일 이어폰을 끼고 스마트폰을 들여다보는 사람들,
그렇게 귀를 학대하면 결국 듣지 못하게 되는 '소음성 난청'
환자가 되고, 손상된 청력은 회복되지 않는다고 합니다.

태어날 때부터 죽을 때까지 쉬지 않고 일하는 귀,
고마운 두 귀를 위해 이어폰 대신 귀마개를 하면 어떨까요?

초

잠자리에 들기 전 초에 불을 붙이고 앉으면
하루치 마음의 풍경이 보입니다.

마음을 바로 쓴 날은 촛불 앞에서 보내는 시간이 짧지만
마음이 널을 뛴 날은 오랜 시간 앉아
다시는 그러지 말자고 다짐합니다.

거울이 물체의 모양을 비춰 보여주는 도구라면
촛불은 속마음을 비추는 거울입니다.
그러니 초가 가장 잘 어울리는 곳은 어두운 방이지만
세상이 시끄럽고 어두우면
초마저도 방안에 머물 수 없습니다.

방에서는 평온하던 촛불도
거리에선 세상의 속도로 펄럭이니
촛농 또한 하염없는 눈물처럼 흘러
초 한 자루가 금세 녹아 버립니다.

각자 앉은 자리에서 제 할 일을 바로 하면
아까운 초가 속절없이 녹지 않아도 될 텐데…
오늘밤엔 촛불 앞에 앉아 그날을 위해 기도해야겠습니다.

일곱 시

한여름 일곱 시는 대낮 같더니
요즘 일곱 시는 새벽 아니면 한밤중입니다.

아침 일곱 시, 사람들은
어둠 속에서 무거운 몸을 일으켜 출근하느라 바쁘고,
저녁 일곱 시엔 긴 항해를 끝낸 배처럼
서둘러 귀로에 오릅니다.

아침 일곱 시에 좌판을 펼치던 노점상이
아홉 시가 넘어야 물건을 진설합니다.
저녁 일곱 시에 밥을 먹고
아홉 시나 되어야 술을 먹던 사람들이
이젠 일곱 시부터 술을 마십니다.

일곱 시의 풍경은 곳곳에서 바뀌지만,
아기들은 아침 일곱 시 저녁 일곱 시
시계를 보지 않고 태어나고,
사람들은 여름 일곱 시 겨울 일곱 시
계절에 상관없이 시간과 싸우다가
마침내 이곳을 떠나갑니다.

바뀌는 것들과 바뀌지 않는 것들이 어울려 만드는 안쓰러운 삶,
일곱 시부터 일곱 시까지, 해 뜨는 시각부터 별 지는 시각까지
사람을 사랑해야 하는 이유입니다.

김치를 담그며

예쁜 배추 한 통이 천 원,
세 통을 사도 커피 한 잔 값…
농부들에게 미안하고 감사합니다.

겉잎을 벗겨 내고 물에 씻으면
흰 줄기는 더욱 희고 푸른 잎은 더 푸르러 아름답습니다.
말쑥해진 배추를 소금물에 담급니다.

마늘, 생강을 다지고
쪽파와 갓을 씻어 한입 크기로 썹니다.
하얀 무채에 양념과 젓국을 섞어 버무리니
김칫소 향기가 집 안을 채웁니다.

양념이 짜고 매워도 배추는 말이 없습니다.
예쁜 아이 미운 아이 고루 사랑하는 어머니처럼
배추는 조용히 안아줄 뿐입니다.

저도 배추 같은 사람이 되고 싶습니다.
시간이 흐를수록 깊은 맛이 나는
김치처럼 익고 싶습니다.

장갑

김치를 담글 때면 비닐장갑의 고마움을
그 어느 때보다 깊이 느끼게 됩니다.

빨래는 세탁기가 하고, 청소는 청소기가 할 수 있지만
김치는 사람의 손으로만 담글 수가 있는데,
고춧가루, 생강, 마늘 등 매운 양념과 짜디 짠 젓갈을
맨손으로 버무린다면 얼마나 아리고 아플까요?

비닐장갑을 비롯해 모든 장갑은
다 손을 보호해주는 고마운 물건입니다.
추위를 막아주는 털장갑,
거친 노동에서 손을 지켜주는 면장갑,
환자를 돌볼 때 사용하는 의료용 장갑 등
쓰임새도 다양합니다.

손을 보호해주는 장갑처럼
정신을 보호해주는 장갑이 있다면 얼마나 좋을까요?
그러면 급증하는 청년 우울증도 막을 수 있을 테니까요.

지상의 거처

낙엽 따라 걷다 보니 청와대 길입니다.
길을 메운 관광객들 사이 여행자가 되어
대통령의 집을 바라봅니다.
단풍 든 동네에 홀로 짙푸른 지붕이 외로워 보입니다.

청와대는 아름답지만 살기 좋은 집은 아닙니다.
사시사철 구경거리가 되는 데다
한 5년 살아 익숙해지면 나가야 하니까요.

오래 금지되었던 청와대 길 통행을 자유화한 건
김영삼 전 대통령… 1993년 2월 25일 취임 당일에
청와대 길과 인왕산 통행을 자유롭게 해 박수를 받았습니다.

청와대에 살든 어디에 살든, 대통령이든 시민이든,
사람들은 모두 언젠가 저 세상으로 가고,
지상의 거처는 화려하든 초라하든 모두 임시 거처입니다.

푸른 지붕 아래 살 때는 서슬이 퍼렇던 사람도
이승을 떠날 때는 한낱 여행자…
청와대에 사는 분들도 그 사실을 기억하면 좋겠습니다.
삶이 여행임을 잊지 않았으면 좋겠습니다.

영하의 거리를 종종걸음 치던 사람들이
비닐커튼 안으로 들어섭니다.
찡그렸던 얼굴들이 붕어빵 덕에 활짝 핍니다.

웃음은 차이를 지우는 지우개
웃는 얼굴들은 붕어빵처럼 비슷합니다.

12월

인간의 수명

낙엽 깔린 길을 걷다 보면 노인들이 떠오르고
노인들을 생각하면 알렉산드르 솔제니친의
《암병동》에 나오는 얘기가 떠오릅니다.

신이 모든 동물에게 수명을 50년씩 나눠주고 나니
인간에겐 줄 건 25년뿐이었습니다.
인간이 수명이 너무 짧다며 화를 내자,
신은 '그럼 다른 동물들에게 가서
재주껏 얻어 보라'고 했습니다.
인간은 맨 먼저 만난 말에게서 25년,
그 다음에 만난 개에게서 25년,
마지막으로 원숭이에게서 25년을 얻어
총 100년의 수명을 확보했습니다.

그러자 신은 말했습니다.
"너는 처음 25년은 인간으로 살고,
다음 25년은 말처럼 일하고,
다음 25년은 개처럼 짖어라.
그리고 남은 25년은 원숭이처럼 웃음거리가 되어라."

'인간과 말로 사는 50년'을 살고 난 뒤
어떻게 살아야 개처럼 짖지 않고,
원숭이처럼 웃음거리가 되는 일을 피할 수 있을까요?
어떻게 살아야 껍질 속 진실을 보는 노년을 살며,
노화를 축복으로 받아들일 수 있을까요?

꿈

세상이 시끄러우니 자꾸 열이 납니다.

해열제 한 알을 먹고 잠자리에 들었지만
꿈속 세상도 조용하지 않았습니다.
검은 투구를 쓰고 검은 갑옷을 입은 사람들에게
내내 쫓기다 아침을 맞았습니다.

꿈에서 깨어나니 한심하고 부끄러웠습니다.
아무리 무섭고 괴로운 꿈도 그저 꿈일 뿐이니
두려움에 떨며 도망 다니는 대신
꿈이라는 걸 깨닫고 깨어나면 되는데,
공포에 사로잡혀 꿈인 걸 잊고 밤새 시달린 겁니다.

꿈이 꿈인 걸 알아차리지 못한 걸 부끄러워하다
문득 현실을 생각합니다.
꿈에서 꿈인 걸 깨닫지 못하고 괴로워했듯
현실에서는 또 무엇을 깨닫지 못하고
미망 속을 헤매는 걸까요?

백설기 나눔

무안의 최 선생님이 손수 농사지은 쌀을 보내주셨습니다.
혼자 먹기 아까워 백설기를 만들었습니다.
형제들과 이웃, 단골 카페와 중고옷집까지 두루 돌리니,
'이게 웬 떡이냐'며 기뻐했습니다.

밥 대신 빵을 먹는 시대라지만
백설기를 좋아하지 않는 사람은 없는 것 같습니다.

'흰 눈처럼 깨끗한 신성한 음식'으로 불리는 백설기는
첫돌 맞은 아기에게 해주는 떡입니다.
낯선 세상에서 흔들리지 말고
건강히 살아가라는 염원이 담겨 있습니다.
사람들이 백설기를 좋아하는 건
바로 그 염원 때문인지 모릅니다.

삶에 지쳐 힘들어하는 친구가 있으면
백설기를 해주세요.
하얀 떡에 담긴 사랑과 염원이
그 친구를 일으켜 세워줄 테니까요.

모자를 쓰는 이유

한때는 목덜미를 스치는 찬바람이 좋아
한겨울에도 목을 드러내고 다녔는데
이젠 초겨울 바람에도 머리가 어는 듯합니다.
얼른 털모자를 꺼내 머리에 얹습니다.

'모자'를 처음 만들어 쓴 사람,
그 사람도 머리숱이 적었을 것 같습니다.
아니, 헝클어진 머리를 감추는 데
모자처럼 유용한 것도 없으니
머리 다듬기가 귀찮아 모자를 만들어 쓴 건지도 모릅니다.

어떤 모자를 쓰느냐에 따라 기분도 달라집니다.
베레모를 삐뚜름하게 쓰면
《개선문》의 주인공 '조앙 마두'가 된 듯하고
러시아식 털모자를 쓰면
《닥터 지바고》의 '라라'가 된 것 같습니다.

모자 중엔 군인이나 주교의 모자처럼
계급이나 권위를 나타내는 모자도 있지만
털모자는 쓴 사람의 겸손을 보여 줍니다.
맨 머리로는 찬바람을 견딜 수 없다고 인정하는 것이지요.

북풍님, 매서운 북풍님,
숱 적은 머리들을 굽어 살펴 주소서.

마음의 덧창

겨울 날 밖에 있다가 실내로 들어가면
안경 렌즈가 뿌예져서 곤란할 때가 많지만,
그래도 눈 나쁜 사람에게 안경만큼 고마운 물건은 없습니다.

흐릿하던 세상이 안경 덕에 환해질 때마다
안경을 발명한 사람에게 감사하게 됩니다.
안경은 13세기 이탈리아에서 처음 만들어졌다는데
그보다 먼저 인도에서 사용되었다는 말도 있습니다.

시력이 좋은 사람들은 보이는 게 전부인 줄 알지만
시력이 좋다고 진실을 보는 건 아니고,
아무리 좋은 안경도 진실과 진면목을 보게 해주진 않습니다.

그래도 추운 날 안경에 김이 서리면
귀찮다고 불평하지 마시고 부드러운 천으로 닦아주세요.
눈은 마음의 창, 안경은 마음의 덧창.
마음으로 볼 수 있을 때까진 창문으로 보아야 하니까요.

노랑

겨울이 깊어지며 어두운 시간이 길어지니
봄 냄새 나는 노랑을 입고 싶지만
제 옷장에도 옷 가게에도 검정색, 회색 같은 무채색뿐
노란 옷은 잘 보이지 않습니다.

빨간 옷과 파란 옷은 제법 눈에 띄는데
노란 옷이 드문 이유는 무엇일까요?
아이들의 옷도 사내아이 것은 파란색,
여자아이 것은 분홍색이나 빨간색이고
노란 옷은 흔치 않습니다.

삼원색 중에서 노랑을 차별하는 이유는 무엇일까요?
태극기의 태극이 빨강과 파랑이고
여당과 제1야당의 상징색이 그 두 가지인 것과
상관이 있을까요?

햇살과 해바라기로 세상을 밝히는 노랑,
노랑을 편애하진 않아도 차별하지 말았으면 좋겠습니다.
한겨울에 노랑을 입고 잠시나마 봄기운을 느낄 수도 있고,
'빨강 아니면 파랑' 하는 이분법적 사고로부터
다소나마 자유로워질 수도 있으니까요.

큰손 큰마음

오랜만에 만난 대학생 친구들에게서
목도리와 장갑을 선물 받았습니다.
아르바이트해서 번 돈으로 사왔을 걸 생각하니
보기만 해도 추위가 가시는 것 같았습니다.

목도리는 편한 마음으로 둘러 보였지만
장갑을 낄 때는 불안했습니다.
아니나 다를까, 손이 절반쯤 들어가다 멈추었습니다.
제 손이 워낙 크다 보니 손가락만 들어가고
손바닥은 들어가지 않았습니다.

저는 제 손 큰 것을 알고 있어서 놀라지 않았지만
친구들은 자기네 손을 제 손에 대보고도 믿을 수 없다며
고개를 저었습니다.

헤어져 돌아오는 길에 문득,
사채놀이나 주식 투자를 크게 하는 '큰손'들의 손은 정말로 클까,
손의 크기와 마음의 크기 사이엔 어떤 관계가 있을까
궁금했습니다.

저는 사채놀이도 주식 투자도 모르니 '큰손'이 되긴 글렀고,
'큰마음'이나 되었으면 좋겠습니다.
제 손을 보고 놀란 친구들이
큰마음을 보고 한 번 더 놀라는 모습을 보고 싶습니다.

붕어빵 2천 원어치

영하의 거리를 종종걸음 치던 사람들이
비닐커튼 안으로 들어섭니다.
찡그렸던 얼굴들이 붕어빵 덕에 활짝 핍니다.

웃음은 차이를 지우는 지우개
웃는 얼굴들은 붕어빵처럼 비슷합니다.

붕어빵은 세 개에 천 원이지만
웬만하면 2천 원어치는 사야 합니다.
붕어빵을 먹으며 걸으면 춥지 않으니
두어 개는 걸어가면서 먹고
남는 건 집에 가져가야 하니까요.

행복하고 싶으면 붕어빵을 사세요.
행복을 나누어주고 싶은 사람이 있으면
붕어빵을 선물하세요.

파는 사람, 사는 사람, 먹는 사람
모두 함께 행복한,
행복으로 닮아가는 붕어빵입니다.

어머니의 엄지

가끔 아프던 엄지손가락이 김장을 하고 나니 더 아픕니다.
따뜻한 물에 엄지를 담그고 있으니
엄지손가락이 아파 병원에 다니시던 어머니가 생각납니다.

엄지 중에서도 일을 제일 많이 하는 엄지는
단연 어머니의 엄지이겠지요.
아이를 낳아 기르고, 밥 짓고, 빨래하고, 김장하고…
어머니의 엄지에겐 쉬는 날이 없습니다.
어머니는 집안의 엄지이니까요.

손에는 엄지 말고도 손가락이 네 개나 더 있지만
어떤 손가락도 엄지처럼 일을 많이 하진 않습니다.

무리의 우두머리나 중요한 사람을 가리킬 때도
엄지를 세워 보이는데, 엄지 대접을 받으면 기분은 좋지만
엄지가 되는 건 쉬운 일이 아닙니다.
여럿이 어둡고 추운 길을 갈 때 맨 앞에 서는 것과 같으니까요.

누구나 엄지가 되고 싶어 하지만
네 손가락을 홀로 도와야 하는 엄지는 외롭고 피곤할 겁니다.
어머니의 수고는 모르는 채 차려준 밥을 맛있게 먹고 나가는
아이처럼, 엄지보다 훨씬 조금 일하고도
당당히 손가락 대접을 받는 새끼손가락.
어머니들도 가끔은 그렇게 살고 싶지 않을까요?

플라타너스

정거장에 섰던 버스가 웅~ 출발하자
플라타너스의 잎들이 덩달아 날아오르다 떨어집니다.
잎을 채우고 있는 수많은 선들, 영락없는 손금입니다.

나무에게도 운명이 있다면, 이 거리의 플라타너스들은
비슷하게 불행한 운을 타고났을 겁니다.
배기가스에 시달리고 취한들의 발길에 채이고
가끔은 쓰레기 집하장 노릇까지 하니까요.

한 해가 가고 새해가 다가올 때면
토정비결이나 점을 보러가는 사람들이 많습니다.
새해에 행운이 찾아올지, 불운이 온다면
막을 방법이 있는지 알고 싶은 거겠지요.
점쟁이들 중엔 불행을 막는 부적을 파는 사람도 있지만,
진짜 용한 역술가는 '불행을 행운으로 바꿀 수 있는 건
당신 자신뿐'이라고 말한다고 합니다.

배기가스와 발길질과 쓰레기와 추위를 이겨내고
매년 조금씩 높아지는 플라타너스들, 어쩌면 스스로
불행을 행운으로 바꾸고 있는 건지도 모릅니다.
우리는 어떨까요? 우리도 플라타너스처럼
운명을 바꿀 수 있을까요?

1.5도에 꼼짝 못하면서

열심히 뛰놀던 아이가 조용합니다.
열을 재보니 38도, 건강한 사람의 평균 체온이 36.5도이니
꼭 1.5도 높은 겁니다.
1.5도에 꼼짝 못하는 건 어른도 마찬가지입니다.
체온이 38도 이상 오르면 그냥 가만히 있고 싶어 합니다.

2015년 12월 12일 세계 195개 나라들은
지구의 온도가 1.5도 이상 오르는 걸 막기 위해
'파리협정'을 체결했습니다.

지구 온도는 산업화 이전보다 1도 가량 상승했는데
앞으로 2도 이상 상승하면 땅은 사막화되고,
빙하가 녹아 해수면이 높아져서 섬들이 위태롭게 되고,
최대 70퍼센트의 동식물이 멸종할 수 있다고 합니다.

기후 변화는 사람의 행동에도 영향을 주어
지구의 온도가 1도 오를 때마다
폭력 행위가 20퍼센트씩 늘어난다는 분석도 있습니다.

지구의 온도를 올려 재앙을 부르는 건 사람들…
사람들의 체온이 1.5도씩 올라 가만히 있으면
지구 온도는 좀 더디게 오르지 않을까,
그러면 지상의 삶이 좀 더 평화롭지 않을까?
아이 같은 상상을 해봅니다.

전봇대가 무거워

단독주택이 다세대주택으로 바뀔 때마다
전봇대의 짐이 무거워집니다.
전기선, 케이블텔레비전 선, 전화선, 인터넷선…

전봇대마다 엉킨 실타래 같은 짐이 얹히고
무수한 전선들이 하늘을 조각냅니다.

전선을 잔뜩 이고 선 전봇대는
식구 많은 집 가장 같고
전선의 무게로 기울어진 전봇대는
나이 들수록 작아지는 부모들 같습니다.

겨울이 깊어가며 사는 게 힘들어지면
전선들이 '이~ 이~' 소리 내어 울먹입니다.
추위를 피해 날아가던 새들이 길을 멈추고
'울지 마, 울지 마' 다독입니다.

크고 높은 건물들의 동네엔
기울어진 전봇대도 없고 조각난 하늘도 없으니
전선 우는 소리도, 달래는 새 소리도 들리지 않습니다.
그 동네의 삶은 어떨까요?
거기서도 누군가는 작아지고 누군가는 울고 있을까요?

눈이 내린 자리

겨울은 눈의 계절입니다.
눈은 대부분의 미인처럼
멀리서 볼 때 더 아름답습니다.

눈 중의 제일은 산에 내린 눈입니다.
나뭇가지에 얹힌 눈, 바위에 쌓인 눈…
자연이 그린 수묵화가 눈을 황홀하게 합니다.

산에 내린 눈은 눈물이 되어 마른 땅을 적시지만
도시의 눈은 짓밟혀 더러워지면서도 사라지지 않으니,
남루하다 못해 비굴해 보입니다.

사람도 있어야 할 곳에 있을 때 존경받습니다.
모두가 떠나주기를 바라는데
떠나고 싶지 않다고 앉은 자리를 고집하면
사랑과 존경을 다 잃은 후에
3월의 눈처럼 초라하게 떠나게 됩니다.

눈이 되어 내릴 수 있다면 어디에 내리고 싶으세요?
높은 산에 내려 수묵화의 일부가 되어도 좋겠지만
그리운 사람의 눈길이 닿는 담장이나
지붕 위에 내리고 싶습니다.
눈물 되어 흐를 때까지 바라보고 싶습니다.

새해 소망

요즘엔 스키장에서 인대나 뼈를 다치는 사람들이 많은데,
저는 눈도 없는 도시 한복판에서 넘어지곤 했습니다.

횡단보도의 녹색불이 깜박일 때 죽어라 내닫다가
패인 길에 걸려 나가떨어진 적도 있고,
하늘을 보며 걷다가 깨진 보도블록에
발목을 접질린 적도 있습니다.

이제는 파란불이 깜박거리면
아예 횡단보도에 들어서지 않거나 길바닥을 살피며 뛰고,
하늘을 보고 싶으면 한자리에 서서 올려다봅니다.

사고가 일어나는 데는 5분도 걸리지 않지만
사고에서 회복되는 데는 적어도 50일이 걸리고,
마음이 아무리 급해도 뼈와 인대는
마음대로 되지 않는다는 것을 알게 됐기 때문입니다.

사람의 지혜 중엔 겪지 않고도 아는 '뛰어난 지혜
(상지上智)', 겪고 아는 '평범한 지혜(중지中智)',
겪고도 알지 못하는 '낮은 지혜(하지下智)'가 있다는데,
간신히 중지에 머무는 제 새해 소망은
겪지 않고도 아는 '상지'에 다가가는 것입니다.

'우리'를 찾아서

우리말에서 가장 아름다운 두 음절을 꼽으라면
'사랑'과 '우리'를 꼽겠습니다.
'사랑'과 '우리' 중에서 하나만 꼽아야 한다면
'우리'입니다. '우리'가 하는 것이 '사랑'이니까요.

'우리'가 '한 울 안의 사람들'을 뜻한다면
우리는 모두 한 가족, 함께 울고 웃는 가족입니다.
한 사람은 살 길이 막막하여 죽을 길을 찾는데
다른 사람은 부른 배를 두드리며 깔깔댄다면
가족도 아니고 '우리'도 아닙니다.

백화점과 골프장을 제 집 드나들 듯하는 사람들은
요새 굶는 사람이 어디 있냐고 하지만
이 나라엔 하루 세 끼를 먹지 못하는 사람이 아직 많습니다.

지난 일 년 동안 '우리'는 사라지고
'너'와 '나'와 '그들'은 늘었습니다.
그러나 '우리'가 없으면 한국도 없습니다.
'우리'라는 유전자를 공유하는 사람들이 한국인이고
그들이 모여 이룬 나라가 한국이니까요.

새해엔 '너'와 '내'가 다시 '우리'가 되어
함께 살 길을 찾게 되길 간절히 기원합니다.

마지막

내일 모레면 한 해도 끝이 납니다.
새해 벽두에 세웠던 목표들…
이룬 것은 사소한 것들뿐
정말 중요한 것은 이루지 못했습니다.

내일 모레가 올해의 마지막 날이라고
조바심치는 마음들이 거리를 떠돌아
가는 곳마다 길이 막힙니다.

하지만 '마지막 날'만이 마지막이 아니고
지금 우리 곁을 흘러가는 순간은 모두
다시 올 수 없는 마지막 시간입니다.

혼자 혹은 누군가와 보내는 매 분 매 초도
돌이킬 수 없는 마지막 시간입니다.

지난 한 해 동안, 사랑하던 사람 여럿이 우리 곁을 떠났지만,
우리는 여전히 그들을 사랑하며 그리워합니다.
사랑하고 사랑받는 사람들에게 '마지막'은
의미 없는 단어입니다.

새해에도 제 목표는 여전히 '사랑'입니다.
달력엔 마지막 장이 있어도 사랑엔 끝이 없습니다.